## 布布路

關鍵詞：
單細胞動物、樂觀、熱血

從小與守墓人爺爺一起生活在墓地，因為父親的各種負面傳言，一直受到村裏人排擠，但布布路從不自卑，內心深處相信自己的父親是一位了不起的人物。為了實現自己的夢想以及尋找失蹤父親的消息，他毅然離開家鄉，前往摩爾本十字基地，參加怪物大師預備生的試煉。

## 賽琳娜

關鍵詞：
大姐頭、敏捷、愛財

出生商人世家的大小姐，卻一點都沒有大小姐的架子，與布布路一樣來自「影王村」，個性豪爽，有點驕傲，對待布布路一視同仁。從不排擠他，只因為她更在乎的是推廣家裏的生意。賽琳娜的目標是收集世界上所有類型的元素石，並熟練掌握這些元素石的運用。

## 帝奇·雷頓

關鍵詞：
豆丁、酷、毒舌

臉上總是掛着陰沉表情的瘦小男生。帝奇的存在感薄弱，不注意看的話就找不到人了。但是他身邊站着一隻非常招搖拉風的怪物——成年版的「巴巴里金獅」。對於是非的判斷他有自己的準則，不太相信別人，性格很「獨」。

## 餃子

關鍵詞：
狐狸面具、神祕、圓滑

在去往摩爾本十字基地的路上，勾搭認識上布布路，戴着狐狸面具，看不出喜怒哀樂，從聲音來聽，似乎總是笑嘻嘻的，高調宣揚自己身無分文，賴着布布路騙吃騙喝，在招生會期間對布布路諸多照應。

冒險、正義、財富、祕寶、名譽……

富有志向的人們啊，

用心發出聲音吧，

召喚那來自時空盡頭的怪物，

賭上所有的「夢想」、「勇氣」、「自尊」，甚至「性命」，

向着成為藍星上最傳奇的——怪物大師之路前進吧！

——《怪物大師》題記
MONSTER MASTER

# 【目錄】CONTENTS
## 《來自地底的至尊魔器》

**Especially written for kids aged 9 — 14**（專為9-14歲兒童製作）

● 【扉頁彩圖】ART OF MONSTER MASTER

● 人物介紹：布布路 / 賽琳娜 / 餃子 / 帝奇

# MONSTER MASTER

「怪物大師」無盡的冒險
The Invincible Instruments from Underground

# SECRET GAME
MONSTER WARCRAFT
（隨書附贈「怪物對戰牌」）

# 穿透文字的「堅強」與「感動」！

DREAM ADVENTURE COURAGE FRIENDSHIP

# 夢想＋冒險＋勇氣＋友誼

「怪物」與「人類」、「勇氣」與「挫折」、「信仰」與「背叛」、「戰鬥」與「思考」……是心靈的冒險，還是意志的考驗？
請與本書的主人公一同開啟奇幻之門，一起去追尋人生中最珍貴的夢想吧！

# 把世界的謎團串起來！
# MELODIES OF LIFE

這裏是獨一無二的腦細胞幻想地帶，孩子們其樂無窮的樂園。
每部一個練膽故事，它們以神祕莫測的魔力，俘虜着人們的好奇心。
有人說，唯一的抵抗方法，就是閱讀——
請翻開這本書吧，讓人心動的世界正在向你招手……

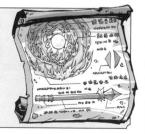

# 愛 與 夢 想 的 「 新 世 界 冒 險 奇 談 」！

# 引子

CREATED BY LEON IMAGE
LOVE & DREAMS

MONSTER MASTER 12

# 仇恨之書
## MONSTER MASTER 12

醜陋的軀體在洞穴中殘喘，
靈魂在黑暗的世界裏暗自哭泣。
我聽見夜鶯淒涼的哀啼，
生鏽的劍鞘發出邪惡的低語。

同胞的白骨在枯枝敗葉中腐爛，
獵人的鐵槍泛着鹹腥的氣息，
惡狼在草窩中瞪着血紅的雙眼，
污穢的生命在地穴中蠢蠢欲動。

仇恨的種子不需要澆水灌溉，
仇恨的種子不需要培土施肥，
仇恨的種子不需要細心呵護，
無盡的恐懼自會孕育出死亡的花朵。

狂暴的雙手撕破嗜血的黎明，
將這天與地中所有的不甘啊，
都化作刻骨的敵意和仇恨吧！
當深淵中的魔物睜開雙眼的時候，
冰冷的墓穴將是所有貪婪者最終的宿命！

# 來自地底的至尊魔器
## MONSTER MASTER 12

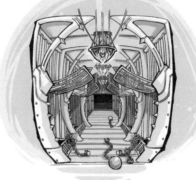

新世界冒險奇談

第一站 STEP.01

# 駭人聽聞的集體越獄
## MONSTER MASTER 12

### 布布路的通緝令

十字基地的預備生宿舍裏，布布路正被他的三個伙伴圍堵在一個角落裏。

賽琳娜、帝奇和餃子三人臉色一個比一個難看，目光如炬地盯着布布路的臉，似乎在跟手中的東西比對着……

這是甚麼情況？布布路感到一絲涼意，忍不住打個大噴嚏，鼻涕流出半截，眾人嫌棄地退開一步，將一張皺巴巴的黃紙扔給他。

「給我擦鼻涕的嗎?」布布路接過黃紙就要往臉上蹭。砰的一聲,賽琳娜一個栗暴敲在他頭上,拔高音量咆哮道:「笨蛋!仔細看看上面的內容吧!」

布布路被賽琳娜的獅吼功嚇得吸了吸鼻子,將黃紙展開一看,上面印着一個黑乎乎的人像剪影,並在底下寫着 ——

### 通緝令

**目標人物:沙漠骨槍團匪首**

**武器:光明神之劍**

**懸賞金額:1000000 盧克**

**罪行:此人作惡多端,手持光明神之劍,**

**多次劫持沙漠中的過往商客!**

原來同伴們剛剛拿在手中的是一張通緝令!

布布路歪着頭疑惑地打量着通緝令上那個似曾相識的黑色人像剪影,好一會兒才驚醒似的叫道:「噢!這⋯⋯這個沙漠骨槍團的匪首好像是我!」

「你才發現啊?」帝奇和餃子不約而同地發出一聲歎息。

「哇!餃子,我和你一樣有通緝令了!」布布路雙眼發光地看着餃子,神情竟有點興奮。

「呃⋯⋯這可不是甚麼好事!」對於布布路異於常人的思考模式,餃子面具後的臉上默默落下一滴冷汗。

「既然基地裏都能撿到你的通緝令了,我們趕快去公告牆看

看吧，搞不好已經貼上去了！」賽琳娜氣勢洶洶地拉着布布路就往門外跑。

　　當公告牆出現在大家視野中時，一種難以言喻的奇怪氣氛也隨之而至。

　　摩爾本十字基地裏幾乎所有的師生都集中到這裏來了，裏三層外三層地將公告牆圍了個水泄不通。就連平時對新聞不聞不問的白鷺導師都出現了，這太不對勁了！

　　師生們神情肅然地看着公告牆，小心翼翼地交頭接耳，現場的氣氛異常壓抑，空氣中彷彿流動着無數不安的因數。

不好！難道整個基地都知道「惡魔之子」被通緝了嗎？

布布路四人忙探頭探腦地看向公告牆，媽呀！整片公告牆上居然貼滿黑壓壓的通緝令，足有幾百張！

不過，布布路四人的目光從牆頭掃到牆尾，倒是沒看見布布路那張只有剪影的通緝令。

四人舒了口氣，卻又不禁納悶起來，基地怎麼會一下子貼出這麼多通緝令呢？

## 公告牆上的老熟人

「嘖嘖，好高的懸賞金額！這些人都是甚麼來頭啊？」餃子心驚地搖着頭，這些通緝令的懸賞金額張張超過五百萬盧克，要是能把這些通緝犯統統抓起來，就會成為一個身家過億的有錢人，只可惜自己沒那個能力……

「五百萬？那豈不是我的懸賞金額的好幾倍！」布布路瞪圓

眼睛，似乎有些難以接受。

「布魯布魯！」四不像在布布路背後的棺材上跳來跳去，毫不掩飾地嘲笑着自己的主人。

「現在是比較賞金多少的時候嗎？」賽琳娜鬱悶地眨眨眼，對於布布路和他的不靠譜怪物深感無奈。

就在大家各懷心思地猜度着的時候，帝奇臉色嚴峻地出聲了——

「奇怪！上面好多人都很眼熟，至少有三分之一都是我們賞金王雷頓家族抓獲的。我記得很清楚，這些人都是至少被判五十年以上的重刑犯，按理說應該還待在監獄裏才對。」

「還被關在監獄裏的犯人，怎麼會被通緝呢？」布布路困惑地撓着頭。

布布路身旁的一根柱子後，白鷺正巧也對黑鷺提出相同的問題。

黑鷺一記深呼吸，神祕兮兮地對白鷺附耳道：「哥，幾小時前，錮魔城發生可怕的集體越獄事件，所有犯人全逃跑了！怪物大師管理協會上頭的人說，稍後晚間新聞時會緊急通告全世界……」

也許是黑鷺太激動了，沒有控制住音量，被布布路四人聽了個正着。

「越獄？！錮魔城？！」

布布路一頭霧水，餃子三人卻瞬間臉色大變。

餃子壓低聲音向布布路解釋道：「錮魔城，顧名思義就是禁

錮惡魔的地方！當然並不是指真正的惡魔，而是指那些喪失人性，如同惡魔一般的重刑犯。錮魔城其實是一座隸屬於怪物大師管理協會的重刑監獄。」

「可是，有人能從那種地方逃出來嗎？」賽琳娜喃喃自語，「我聽說錮魔城懸浮在一座無底深淵之上，只有通過和怪物大師管理協會總部相連通的傳送光柱才能抵達。就連監獄的看守者也都是曾經成功完成過 A 級任務的怪物大師精英。因此，錮魔城又被稱為『無法逃脫的監獄』。」

「這些窮兇極惡的危險分子竟能夠集體越獄……他們是怎麼做到的？」說到最後，賽琳娜的嘴脣難掩惶恐地哆嗦起來。

這下子，就連不善思考的布布路也擰緊眉頭，這麼多逃犯同時越獄，將會在藍星上掀起怎樣恐怖的風浪呢？

「你們看！」帝奇指了指公告牆最上面，那是所有通緝令中賞金最高的一張。

「咦！最上面那張通緝令上的犯人是誰？」四周預備生羣中也有人奇怪地嚷嚷着。

布布路四人齊齊看向那張賞金八百萬盧克的通緝令，不由得全都愣住了，那張充滿恨意的臉他們熟悉極了——是尼尼克拉爾！

尼尼克拉爾是布布路他們在魔都奧古斯逮到的邪惡侏儒（詳見《怪物大師 2．沉睡的泰坦巨人之城》），可是，他不是被關在奧古斯做苦力嗎？怎麼會被收押到錮魔城，而且懸賞金額還高居榜首？

就在四人驚疑不已的時候，一個酸溜溜的聲音從大家身後傳來：

「喂！你們四個，跟我走！有位大人物要見你們！」金貝克導師沒好氣地哼哼道，「我就不明白，為甚麼總有大人物要見你們幾個吊車尾……」

## 「小兒科」的 Ａ 級任務

布布路四人好奇又忐忑地跟在金貝克身後，不知要見他們的是哪位大人物，找他們又有甚麼事？

金貝克快步將四人帶到貴賓室，戰戰兢兢地敲敲門。

「進來。」門內傳來威嚴的聲音，金貝克對布布路他們努努嘴，示意他們自己推門進去。

儘管一路上做了各種假設，但在見到大人物的時候，四人還是心頭一震。

寬闊的肩膀、方正的臉頰、金色的大鬍子，眉宇間正氣凜然，點名要見他們的竟然是怪物大師管理協會三大委員長之一的獅子曜！

之前他們就聽獅子堂說過他這位大名鼎鼎的爺爺的豐功偉績，所以對他既敬仰又畏懼。

面對戰戰兢兢的四人，獅子曜開門見山地說：「我希望你們能參與一個 A 級任務。」

Ａ級任務？

布布路四人驚訝地彼此交換着眼神，要知道，預備生幾乎沒機會參與 Ａ 級任務，而作為難度級別最高的任務，對應的學分也十分可觀。毫無疑問，如果能完成 Ａ 級任務，他們這支「吊車尾」小隊的學分就能一舉超過獅子堂為首的精英隊，成為基地裏新的 NO.1 小隊！

想到這裏，布布路露出躍躍欲試的目光，張嘴就要答應，沒想到餃子卻搶先出聲了——

「委員長大人，我們絕對沒有退縮的意思，只是好奇……作為危險級別最高的 Ａ 級任務，為何會選中我們區區幾個預備生呢？」狐狸面具下，餃子的眼睛精明地忽閃着。

獅子曜濃密的眉毛下，不怒自威地回應道：「協會當然不放心讓預備生單獨執行 Ａ 級任務，所以，你們只是以協助者的身份參與其中。」

「那麼，請問我們的任務內容是……」賽琳娜小心地問道。

「你們的任務是協助真正的任務執行者抓捕尼尼克拉爾。」獅子曜輕描淡寫地說，「侏儒族是一個心胸狹窄、睚眥必報的種族，你們曾經在魔都奧古斯和尼尼克拉爾有過很深的過節，所以管理協會決定派你們幾個充當誘餌，引尼尼克拉爾露面。」

提到尼尼克拉爾，布布路四人不禁面面相覷，雖然他曾具備操控多隻怪物的能力，但一切力量都來源於他盜取的奧古斯皇族繼承人的泰坦之心，失去泰坦之心的他只不過是個手無縛雞之力的侏儒。別說讓他們去充當毫無技術含量的誘餌，抓尼

尼克拉爾的任務竟然能被定為 A 級！這也太小兒科了吧？

「做誘餌啊……」布布路小聲嘀咕着甚麼。

像布布路這種單細胞生物很少這樣凝神思考，想必對這樣的任務很失望吧。

賽琳娜剛想上去安慰他，就見布布路抬起頭興奮地說：「真是太新鮮了！我還從沒想過做誘餌還能成為任務的一部分！」

「看來是我想太多了……」賽琳娜氣呼呼地決定再也不去猜測布布路的心思了。

「大致情況就是這樣，我公務繁忙，具體事宜就由這次任務的負責人多可薩告訴你們。多可薩是一位十分優秀的怪物大師精英，也是你們這次任務的協助對象。另外，對於布布路的通緝令，琉方大陸已全面解除，你們出發前十字基地會將光明神之劍歸還給布布路，希望你們能善加利用。」獅子曜站起身，從容地踱步出門。


原來，在「巴勒絲事件」之後，一些貴族對於「人人平等」的現行制度十分不滿，所以，他們利用手中殘留的權力，針對顛覆貴族勢力的核心人物展開報復，以巴勒絲國家的名義向藍星各地發出通緝令，布布路和福特都不幸「榜上有名」（詳見《怪物大師 7 · 黑暗的破壞神之甲》）。

十字基地對這起報復事件十分重視，他們耗費大量人力、時間協調和廢除已發往世界各地的通緝令，並慎重地替布布路保管着光明神之劍。

送走獅子曜，布布路一臉激動地對帝奇、餃子和賽琳娜三人說：「聽到了嗎？光明神之劍要還給我了！」

「這有甚麼值得高興的，以你目前的實力，連它十分之一的威力都發揮不出來。」一個刻薄的聲音傳來，布布路感到一桶冷水潑到自己身上，將他澆了個透心涼。

大伙兒愕然回頭，發現辦公室裏不知何時多出一個瘦高的男人。

哇啊！這個人是甚麼時候進來的？

## 不靠譜的怪物大師精英

貴賓室裏靜得連一根針掉到地上的聲音都能清晰入耳，那個莫名出現的男人歪歪扭扭地靠在一人來高的櫃子上，眼皮懶洋洋地耷拉着。

「你是誰？」布布路警覺地問，「怎麼會突然出現在這裏？」

「啊呵呵，啊呵呵，啊呵呵！」那男人張着大嘴，連打數個大哈欠後才無精打采地說，「我是多可薩，我早就來了，嗯，只是一不小心睡着了，所以你們沒注意到，唔……」說着，他朝身邊的櫃子斜了一眼。

布布路四人無語了，正常人會在獅子曜這種大人物講話的時候躲在櫃子裏睡覺嗎？這個怎麼看都像瞌睡蟲附體的傢伙真的是怪物大師精英嗎？

「你們看，」帝奇細若蚊聲地提醒大家，「他身上一長排的

大衣鈕扣全都是完成 A 級任務所獲得的勛章！」

「哇噢，好了不起啊！竟然完成過這麼多 A 級任務！」第一次看到這麼多 A 級任務勛章，布布路雙眼放光，其他人也不由得對多可薩肅然起敬。

「您好，我們四個是來協助您執行這次 A 級任務的怪物大師預備生。」餃子忙上前打招呼，並借機打聽更多消息，「獅子曜委員長說，您將告知我們關於這次任務的具體細則……」

「那不重要，」多可薩不以為意地擺擺手，慢吞吞地回道，「有句俗語說『知道的越多就越短命』，嗯？不對，好像應該是『知道的越多就越危險』。算了，都差不多吧，反正你們就是掛在拉磨的驢子眼前的蘿蔔，驢子雖然看得見你們，卻永遠也吃不到，嗯……總之，你們在任務中很安全。」

「驢子、蘿蔔……」多可薩亂七八糟的比喻，讓四人徹底傻眼了。

白鷺導師曾在戰術課上講過，任何細節都有可能成為成敗關鍵，所以搜集情報很重要。但這位精英卻秉持着近乎相反的論調……這次任務真的如他所說的那麼簡單嗎？除了反應慢半拍的布布路，餃子三人心中都湧出一股不祥的預感。

「雖然是蘿蔔，但也不是免費的蘿蔔，」多可薩慢條斯理地補充道，「一旦完成任務，讓我算算……尼尼克拉爾的懸賞金額是八百萬，我會和你們三四分賬，我三，你們四……也就是說，你們每個人可以拿到八十萬盧克。」

「四八三十二，三加四等於七，八百萬除以七……」布布路

恨不得連腳指頭都翻出來計算，愣是沒法把多可薩說的「三四分賬」算清楚，最後只能滿眼金星地問，「八百萬除以七好像除不開啊⋯⋯」

　　賽琳娜三人無暇理會布布路「驚人的」數學能力，不過他們只聽說過「三七分賬」和「四六分賬」，還從來沒聽說過「三四分賬」，這個多可薩是不是糊弄他們啊？

「去掉三份，剩下的七份不就可以『三四分賬』了嗎？」看着四個人烏雲罩頂的困頓模樣，多可薩呱呱嘴，「差點忘了說，這次任務除了我和你們之外，還有另一個和尼尼克拉爾頗有淵源的怪物大師也參與其中，他會在目的地接應我們，那三份就是屬於他的……」

　　原來參與任務的怪物大師還有另外一個，這樣一來安全度似乎增加了，還有每人八十萬盧克的酬勞以及超高學分的回報……

　　實在是太誘人了！四人心中樂開花。

　　Ａ級任務，我們來了！

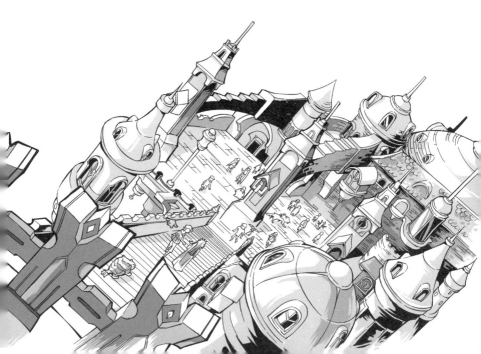

來自地底的至尊魔器

MONSTER MASTER 12

新世界冒險奇談

第二站 STEP.02

# 武器之國

# MONSTER MASTER 12

## 扼喉之鄉

多可薩帶着四人乘上一艘小型飛艇。

飛艇頂部懸掛着大型氣囊，尾部安裝有如蝙蝠翅膀般的平衡機翼，動力裝置是鑲嵌在艇體上的上等風石，下面懸掛的吊艙則設計成五人左右的載客量，各種設施和用品一應俱全。

「布魯，布魯！」四不像難得沒有到處搗亂，而是愛不釋手地握着一根黑乎乎的撥火棍，在牙齒上蹭得咔嚓響。

那撥火棍正是基地剛剛歸還的光明神之劍，四不像一看見

就十分歡喜地搶了過去。

只有被神劍選中的主人才能發揮出它的神威，否則它就只是一根不起眼的撥火棍。所以，堂堂的一代神器，就這麼淪為四不像的磨牙棒了。

一上飛艇，多可薩就把一份手繪的駕駛地圖塞給賽琳娜，示意由她全權負責駕駛，自己則懶洋洋地縮到躺椅中。

「我們這是要去哪兒啊？」布布路好奇地湊到多可薩旁邊，卻發現他已經睡着了。

「我想我們大概是要去這個地方，」賽琳娜一邊熟悉飛艇的駕駛艙，一邊指了指地圖上一處被紅筆圈起來的地名 ── 沙魯。

「沙魯是甚麼地方？」布布路一開口便暴露出自己的無知，因為沙魯在藍星上實在是太有名了，幾乎無人不知、無人不曉。

賽琳娜無奈地看看帝奇，示意她要研究地圖，沒空給布布路普及知識。

「沙魯是一個奇跡般建立在無底沼澤上的國家。」帝奇只好當起臨時導師。

只是他才開了個頭，布布路就立即插嘴了：「建立在沼澤上？難道不會陷進去嗎？」

「沙魯所有的建築全都是用特殊的煉金材料打造的，能夠使之立於沼澤之上不被吞沒。」帝奇不滿地瞪了一眼布布路，說完這句，便不再理他了。

「哇！好厲害哦！餃子，你還知道甚麼有關沙魯的事嗎？」布布路只好去騷擾一直低頭忙於做「關於八十萬盧克的個人投資

理財計劃」的餃子。

「當然，沙魯可是藍星上最大的武器之國，掌握着藍星上所有國家的命脈！」看到布布路小狗一般的表情，餃子無奈地歎口氣，索性詳細地給他科普起來——

要說沙魯掌握着藍星上所有國家的命脈一點兒都不為過，因為藍星上百分之八十的武器都產自沙魯，它甚至挽救了陷入低谷的武器製造業。

眾所周知，自從怪物大師在藍星上出現後，大部分國家都是依靠怪物大師和怪物的力量來保家衛國，武器的製造也因此一度停滯。

但唯有沙魯執着地從未停止對於武器的研究。近代，沙魯的能工巧匠將煉金術和科技完美結合，創造出大量極具創新概念的尖端武器。在實踐中，這些武器的威力毫不遜色於來自時空盡頭的怪物。而且，武器和怪物不同，不需要心靈召喚，更易獲得，所以陸續開始有國家來沙魯大量採購最新的軍事武器。

另外，除了販賣武器，沙魯還能為購買者量身打造個性化的定製武器，甚至能將武器和怪物的屬性特徵相結合，大大提升使用者的戰鬥力，因而吸引了許多怪物大師前來光顧，就連怪物大師管理協會隸屬的科研所也多次派科學家去沙魯學習。

由此開始，不僅沙魯日漸崛起，原本沒落的武器製造業也迎來甦醒的春天。許多國家模

仿沙魯的模式研發和製造武器，但與沙魯的技術水準始終相距甚遠，沙魯無疑是藍星最偉大的武器之國。

沙魯的勢力得到空前的發展，甚至能夠主導藍星上大國之間的戰爭局勢，因為哪個國家能夠得到沙魯的最新武器，就能在戰場上獲得壓倒性的勝利。所以，沙魯又被稱為「扼喉之鄉」，在藍星的地位舉足輕重。

「噢噢噢，我也好想在沙魯定製一件武器！」布布路聽得雙眼放光。

「布魯！」四不像不屑地哼鼻子，又朝布布路揮舞爪子，似乎在說，武器有甚麼了不起的，還敵不過我的爪子！

「個性化武器的價格可是十分高昂的，不過只要順利拿到賞金，一切都不是問題！哈哈哈……」餃子伸開雙手，仰頭長笑不

止，彷彿在迎接漫天飛舞的錢幣雨！

　　就在兩人各自沉浸在美夢中的時候，帝奇在旁潑冷水說：「武器這種東西，最好不要假以他人之手，這是我們賞金家族傳承的經驗之一。就像食品一樣，在陌生的環境中只有食用自己隨身攜帶的才能保證安全。我大哥說過，祖輩曾有一位賞金獵人因使用別有用心的人提供的武器，結果反被那武器傷到自己，險些喪命，從那以後，我們雷頓家族的武器就全都由家族內部製造。」

　　「有道理，」餃子收起遐想，一本正經地沉吟道，「我們的任務是充當抓捕尼尼克拉爾的誘餌，這麼說，尼尼克拉爾在沙魯嗎？」

　　「你說對了，」原本在睡覺的多可薩突然出聲，嚇了餃子一跳，只聽他懶洋洋地說，「根據那位先行的怪物大師的情報，尼

尼克拉爾越獄後就直奔沙魯去了。」

「他不會是想竊取沙魯的武器報仇或是做甚麼壞事吧?」餃子警覺地問。

「布魯布魯!」就在這時,飛艇突然一個急剎車,四不像從布布路頭上滾了下去,一頭撞在吊艙的圍欄上。

「不好!」賽琳娜驚愕地大喊,「飛艇上的雷達收到警告信號,前面有至少一百枚燃燒彈正瞄準我們飛來!」

## 危險!特殊的迎客之道

據雷達顯示,有數百枚燃燒彈正殺氣騰騰地呼嘯而來!

「不論我怎麼躲避,都無法甩掉它們,它們一定是把飛艇鎖定了!」賽琳娜急得滿頭大汗,「怎麼辦?下面全是沼澤,無法着陸啊!」

大家眼前彷彿看到劈啪四濺的火星和蘑菇狀的煙雲，如果被數百枚燃燒彈擊中，後果不堪設想……

「很好，這代表我們已經進入沙魯的領空了，」多可薩乾巴巴地說，「這是沙魯人特有的迎客方式。」

「迎……迎客方式？」餃子眼皮狂跳。

大家趴在飛艇的圍欄上向下眺望，只見大地上千瘡百孔，到處是不知底細的泥潭和水窪，視力可及的地表上一片荒涼，寸草不生，赫然是一大片猶如海洋般巨大的無底沼澤！

沼澤中央屹立着一團隱隱透出金屬光澤的黑影，從形狀上看應該是一座氣勢恢宏的巨大城池，那正是武器強國沙魯！

「我聽說沙魯是個非常注重安全的國家，只有收到邀請函的人，才能在指定時間、指定地點，乘坐特製的煉金船穿越沼澤。為防止有人渾水摸魚，沙魯設有超強的防禦系統，嚴禁任何交通工具擅自入境。」帝奇疑惑地看着多可薩，他難道不知道讓飛艇駛入沼澤上空是很危險的嗎？

「接下來怎麼辦呢？」布布路滿心期待地問多可薩，作為怪物大師精英，他一定有安全進入沙魯的辦法吧？

「嗯，看來我們只能棄艇了。」多可薩的回應讓大家大跌眼鏡。他慢悠悠地從飛艇中翻出五個背囊，丟給布布路他們：「你們背上這個往下跳吧。」他的語氣就像是在開餐前說「大家請吃吧」那麼平常。

「開甚麼玩笑！」餃子氣得辮子都要立起來了，「下面可是如同海洋般的無底沼澤，跳下去不是找死嗎！」

　　多可薩不搭理餃子，熟練地將一個背囊綁在身上，走到飛艇邊上，輕鬆地往後一仰，逕自跳下飛艇。

　　幾枚燃燒彈擦着飛艇掠過，炙熱的氣流撲面而來，再不棄艇就來不及了，沒時間猶豫，大家趕緊手忙腳亂地把背囊往身上綁。

　　帝奇不屑使用背囊，他召喚出巴巴里金獅，騎在金獅背上，從容不迫地躍下飛艇，威風的姿勢讓布布路十分羨慕。

　　「我來給你們示範高空跳躍的技巧，你們看好了！」賽琳娜說完，也以一個漂亮而規範的後仰式動作跳下飛艇。

　　「好棒！」布布路有樣學樣地爬到圍欄上，躍躍欲試地準備也來一個「帥氣下落」。

　　「不行，太高了，我的恐高症犯了，頭暈得厲害，絕對做不到……」餃子渾身抖得像篩子一樣，死死地抱着圍欄不撒手。

　　「嘿嘿！」布布路擺好姿勢，咧嘴一笑，在縱身躍下的同時，一把拉住哭號不已的餃子。

　　「啊！」餃子的雙腳猛然離地，猝不及防地被扯出飛艇，墜下千米高空……

　　剎那間，餃子心中湧出似曾相識的感覺，慘叫聲在急速下落中被氣流扯得支離破碎 ——

　　「哇啊！布布路……你……居然……又推我……」嘭！嘭！嘭！嘭！嘭！

　　在距離沼澤還剩不足百米時，大家的背囊先後彈開，張開成一面面大傘，巨大的傘面兜住鼓鼓的風，使得下降速度得到

有效的減緩。

布布路四人費勁地聚攏到一起，將手拉在一起，像樹葉一樣悠悠盪盪地向下飄去……

## 穿越無底泥沼

轟轟轟……

布布路幾人剛剛落地，他們頭頂上，飛艇被燃燒彈擊中，火光染紅半邊天，呼呼燃燒的飛艇碎片劈里啪啦往下掉，像是一場盛大的焰火。

不過，下落中的布布路他們可沒心情欣賞「美景」，因為大家身旁四處都能看到成串的毒沼氣源源不斷地從黑乎乎的爛泥中冒出。

雖說沒有被燃燒彈燒成灰，但掉進沼澤裏也好不到哪兒去啊！餃子聲音沙啞地叫着：「這回我們要變成『醃』蘿蔔了……」

「喂！」多可薩懶洋洋地朝布布路他們擺擺手，似乎是招呼大家跟在他身後走。

只見多可薩在沼澤上快步前進，如履平地，然而就在他身邊不遠處剛剛落下的那些飛艇碎片卻沉到黏稠的淤泥裏。

「噢噢噢！」布布路驚喜地叫道，「這條路很穩當！」

賽琳娜三人臉上難掩驚疑，從外觀上看，腳下確實是沼澤，可為甚麼大家沒有沉下去呢？

多可薩淡淡地說：「這是那位先行的怪物大師用他的怪物製

造出來的安全着陸點，不過這片安全區域面積不大，你們最好不要亂走。」

怪不得多可薩一直老神在在，原來一切都在掌握之中。

這片着陸點距離沙魯已經很近了，放眼望去，沙魯就如同一艘停駐在泥沼之上的巨型艦艇，不管對地面還是對空中均是炮臺高築，戒備重重。

咕嚕咕嚕，咕嚕咕嚕……

沼澤下發出泥漿被攪動的聲音，隨着那聲音的加劇，泥沼中開始湧出大量的氣泡。

緊接着，大家感覺腳下突然一晃，供他們立足的這一片小小的「安全區域」就像是被甚麼東西托起來一般，緩緩地向着沙魯的方向移動起來……

「是甚麼東西在載着我們嗎？」布布路一臉驚愕地看着多可薩。

「問那麼多幹嗎？你們只是誘餌而已。」多可薩依然是那副昏昏欲睡的樣子。

大家被多可薩的態度氣得胸悶，偏偏又拿他沒辦法，誰叫他是任務的主導者呢！

就這樣，布布路四人懷揣着期待、忐忑、鬱悶和好奇的複雜心情，離坐落在汪洋泥沼之中的武器之國——沙魯越來越近了……

這是成為怪物大師的必經之路!!!

路!向所有的困難發起挑戰吧!

尊敬的讀者:現在你跟隨布布路一起踏上了成為怪物大師的道

# 預備生情緒控制測驗

## Q01

與主導 C 級任務並拿高學分獎勵相比,你會接受報酬雖高但只能當誘餌角色的 A 級任務嗎?

A. 不會。　　　B. 可能會。　　　C. 會。

### ■即時話題■

賽琳娜:布布路,別和四不像胡鬧了,我們要趕緊出發!

布布路:哦……我才沒和四不像鬧,我只是想從它的嘴巴裏拔出那張通緝令,大姐頭,幫幫我啊!

賽琳娜(皺眉):你和它搶那張皺巴巴的通緝令幹嗎?就讓它吃唄!

布布路:不行,那可是通緝沙漠骨槍團匪首的通緝令,對我很有紀念價值。

賽琳娜:……

餃子:布布路加油,我其實也保留了一堆自己的通緝令,哈哈哈!

賽琳娜:突然覺得你們三個男生裏面只有豆丁小子比較正常。

完成這個測試後,你可以鑒定自己作為一個怪物大師預備生在情緒控制方面達到了甚麼程度。

測試結果就在第十二部的 210,211 頁,不要錯過哦!

**來自地底的至尊魔器**

MONSTER MASTER 12

新世界冒險奇談

第三站 STEP.03

# 無處不在的監視

## MONSTER MASTER 12

### 被武器吞噬的國度

　　雙腳登上沼澤中央的沙魯城，四人立刻被巨大的城門震懾住了。

　　大門向上開啟，整體輪廓像是一口猙獰的大鍘刀，鋒利的刀刃閃着森冷寒光，若想進入沙魯，就必須從刀刃底下穿過。鍘刀門正上方，赫然雕刻着一尊戰甲獅頭，居高臨下地俯視着通行者，讓人渾身不寒而慄。

　　「大家注意，」帝奇雙眼精光一閃，小聲提醒道，「那獅眼

其實是兩隻精密的監視掃描器。」

「沒錯，獅眼能夠全方位地掃描每一個來者，檢視對方是否攜帶危險物品，」多可薩漫不經心地說，「只有被獅眼確認安全才能被放行，否則，鍘刀門說不定會鍘下來……」

餃子驚得滿頭冷汗，這獅眼可別出故障啊！

「這也是沙魯人的待客之道嗎？」布布路不舒服地站在鍘刀下，對沙魯城的印象壞極了。

「這正是沙魯人的用意所在，」多可薩全然無視鍘刀的存在，在獅眼前大大地伸着懶腰，「接受過這種『歡迎』方式之後，外來者就會心生懼意，不敢在城中滋生事端了。」

「低端伎倆，」帝奇不屑地哼道，「只能嚇唬到一些膽小鬼。」

「豆丁小子，這獅眼的監視功能說不定也包括我們的聲音……」賽琳娜緊張地示意帝奇別說了，萬一他們被列為「對沙魯心存敵意的人」就慘了。

雖然沙魯的待客之道讓布布路他們十分膽寒，但大家總算是有驚無險地通過獅眼的監視，進入藍星上的頂級武器之國——沙魯。

與城門外嚴肅而緊張的氣氛不同，沙魯城內一派熱鬧繁華的景象，沙魯人操着多國語言，滔滔不絕地和來自世界各地的武器採購者交流武器知識，滿口都是布布路聽不懂的專業術語。

但與布布路他們去過的其他地方截然不同的是，沙魯處處彰顯着武器之國的特色——

幾乎所有的房屋都是由巨石或重金屬建造而成的，以凌厲

的尖刺和巨錘的造型居多，線條尖銳得彷彿一碰就能扎傷手。街道兩旁鱗次櫛比全都是武器店鋪，各色武器按照兵器的種類和時代區隔出不同的展示區，有遠端兵器、近戰兵器、新兵器等，品種豐富得讓人目不暇接。

布布路看花了眼，四不像興奮地怪叫着到處亂蹦，還跳到一座形似雄獅的鋼鐵塑像面前胡亂拍打起來。

「嘀嘀嘀！」

一陣急促的提示音中，雄獅塑像的雙眼閃起了紅光，雄獅的血盆大口霍然張開，口中竟然伸出了一門烏黑的短口徑火炮！

誰都沒來得及反應，就聽見轟的一聲巨響，巨大的煙塵瀰漫開來⋯⋯

「喂！外來人，你們不要亂動！」大炮的主人咆哮着衝了過來，「幸好裏面是空包彈！」

「對不起！」布布路趕緊紅着臉拽着四不像跟大炮的主人道歉。

「大家最好管好自己的手腳，不要隨意亂摸亂碰！」賽琳娜神色凝重地說，「我發現沙魯很多武器並不遵循常規，有不少都是用特殊煉金材料合成製造的，觸發模式也各有不同，大家小心為上。」

「哼，真是可怕的城市！」帝奇突然皺起眉頭，他指着一顆只有指腹大的炮彈，低聲道，「這東西能頃刻間摧毀一座城鎮！」

「好可怕的破壞力⋯⋯」布布路驚訝不已。

「這類武器一味追求巨大的殺傷力，已經由武器變成了

單純的殺戮機器……只希望它們最終都落在正義的使用者手中……」賽琳娜一想到這些武器的用途，怎麼也興奮不起來了，布布路、帝奇、餃子三人的眉頭也緊皺着。

沙魯城內，普通百姓身上都穿着造價不菲的鎧甲，身上佩戴着各種叫不出名字的精緻配件，就連在街頭嬉鬧的小孩子手中的玩具都是結構複雜的兵器……這種全民皆兵的感覺，讓大家很不舒服。

精密而強大的武器固然讓人折服，但它們畢竟是用於戰爭的，戰爭就意味着暴力、流血和犧牲。沙魯人公然販售尖端武器，難道不是漠視生命嗎？

「嗡嗡嗡……」沉悶的氣氛之中，一隻指甲蓋大小的飛蟲飛過帝奇的頭頂，經過餃子的狐狸面具，繞過賽琳娜，落到布布路的鼻尖處，停留數秒後，又嗡嗡嗚叫着飛走了。

「這蟲子不對勁！」帝奇的目

光謹慎地在武器展示街上搜尋，發現到處都有這種小蟲子飛舞着，數量相當可觀。

布布路速度驚人，揚手抓住一隻飛蟲：「奇怪，這些蟲子只有一隻眼睛。」

大家立刻圍上來，賽琳娜皺眉打量道：「這不是蟲子，而是可移動的蜂眼，你們看，它的頭部和舞動的翅膀都是用精巧的煉金材料製成，也就是說，這是喬裝成蟲子的蜂眼，它們正嚴密監視着沙魯境內的風吹草動。」

「剛才在鍘刀大門旁的城牆上，我也發現張貼着許多錮魔城逃犯的通緝令，而城內的監控又是如此嚴密⋯⋯」餃子托着下巴沉吟道，「也就是說，那些逃犯如果在沙魯露面，瞬間就會被抓住。」

「尼尼克拉爾會來戒備這麼森嚴的地方嗎？」大家紛紛將目光投向魂遊天外的多可薩。

然而，沒等多可薩開口，街道拐角處突然湧出一羣裝備精良的士兵，將他們團團圍住了。

## 與眾不同的皇家宮殿

布布路一行被一隊士兵包圍了，為首的士兵身材十分精壯魁梧，全封閉頭盔下投射出凌厲冷峻的目光。

「我是沙魯皇家警衛隊的艾姆隊長，」他緩步走上前，語氣陰沉地說，「根據蜂眼的監視，你們幾個的身份十分可疑。」

沙魯皇家警衛隊？被定位成誘餌的布布路四人不知道該不該說明自己是來做任務的怪物大師預備生，只好看向多可薩，希望他這個任務的主導者能做出說明。

但多可薩卻抱着手臂，根本沒有要解釋的意思。

艾姆隊長大手一揮，冷冷地說：「既然你們未經邀請就混入城中，我必須請你們去皇宮接受利瑟爾領主的判決！」

話音一落，士兵們手中的兵器齊刷刷地對準布布路他們，與其說是「請」大家去皇宮，倒不如說是脅迫。

「這樣也好，我們去和領主打個招呼吧。」多可薩不以為意地比出手勢，示意艾姆隊長帶路。

多可薩也太隨性了吧！布布路四人冷汗直流，只能跟着這位不靠譜的負責人隨皇家警衛隊朝沙魯的皇宮走去。

進入沙魯皇宮，大家的心情從不情願轉換為新奇，這絕對是他們見過的最最奇特的宮殿，或者說，這根本是個巨大的武器庫！

高高低低的宮殿、長長短短的走廊、大大小小的廳閣，全都是黑灰色的，植物也多是荊棘樹之類駭人的品類⋯⋯建築內絲毫沒有普通宮殿的華麗和雍容，每一個角落的裝飾品都無一例外是寒光逼人的兵器，厚重的玄鐵牆貼滿了精密的圖紙，整個走道都泛着冷冰冰的金屬光澤，營造出一種強大的壓迫感和震懾力。

經過幾座鐵門，布布路他們幾乎有種到了刑房之類地方的錯覺。

一行人被帶到領主所在的正殿，錯落的地磚組成古怪的圖案，一路鋪至高高在上的王座前。

「停！」艾姆隊長在距離王座十步左右的時候攔住了大家，警告道，「再往前走需要按照特殊的圖案規律前進，你們站在這裏不要隨意亂動，否則就會不小心觸發機關！」

一個身着鋥亮戰甲的中年男子端坐在寶座上，他頭頂的皇冠上印有戰甲雄獅的沙魯國徽，此刻他正熱情地和一個站在王座旁的身着華服的少年交談着。

少年身姿挺拔，五官俊美，黑髮在腦後紮成一簇小辮子，散發出一股渾然天成的貴族氣息。

「利瑟爾領主，私闖入境的人帶來了！」艾姆恭敬地低頭稟報。

「你們是甚麼人?膽敢私闖沙魯!」利瑟爾領主傲慢地抬起頭,目光一接觸布布路他們,就像是看到了髒東西似的,露出濃濃的輕視之意,「你們可知任何人進入沙魯都必須提前申請,依照沙魯的法律,非法入境,輕者將被罰款加遣送,重者可判處死刑!」

而一旁的少年也用奇怪的眼神上上下下打量着布布路他們,讓幾人渾身不自在。

## 領主的逐客令

「尊敬的利瑟爾領主大人,您好,我們是……」看到領主,多可薩終於開口將大家的身份和來意簡明扼要地交代清楚,並用平靜的語氣說,「怪物大師管理協會早就向您發出緊急申請,要求入境,但不知何故被您回絕了。」

「哦,我想起來了,好像確實有這麼回事……」利瑟爾領主一雙狹長的眼中透着精光,如同一隻狡猾的狐狸,「雖然你們是怪物大師管理協會派來的人,但這並不能代表你們在沙魯享有特權。到了沙魯,就必須按照我國的規矩辦事,我們只歡迎購買武器的客商,比如說這位尊貴的客人。」說着,利瑟爾伸手比向身邊的美少年。

「你們好。」美少年笑瞇瞇地揮手向布布路他們打招呼,親切又友善的面孔和利瑟爾領主尖酸刻薄的輕蔑態度形成鮮明的對比。

賽琳娜毫不理會美少年的示好，直直地看着領主說：「這一次錮魔城中逃出的都是些窮兇極惡的重刑犯，我們擔心他們會對貴國不利……」

「這個不勞你們費心。」利瑟爾領主倨傲地哼道，「不是我自誇，藍星上再沒有比沙魯更安全的地方了。想必你們之前都見識過了，沙魯一直採取極端嚴格的方式控制出入境，進入城內必須要經過獅眼掃描，城內也遍佈蜂眼，每一個出入者的情況我都一清二楚。除了威力驚人的武器和嚴密的監控系統之外，我們沙魯的警衛隊也都配備着沙魯最優秀的能工巧匠為他們量身打造的武器，稱得上是最強的軍隊。另外，我們還有得天獨厚的地理環境，入侵者光是應付萬丈沼澤就夠受的了。」

「表面上看，貴國的防禦的確無懈可擊，但我們不還是順利進入城中了嗎？從錮魔城逃出來的每一個罪犯更是不能用常規經驗對待，您真的有自信能防住他們嗎？」帝奇冷冷地發出質疑。

「對了，我聽說有幾個逃犯最擅長易容術了，能完美地喬裝成另一個人，連舉手投足和語氣聲音都惟妙惟肖……呵呵，比如您身邊這位『貴客』，可能就是逃犯喬裝的哦。」餃子意味深長地指指美少年。

「你誤會了，我是來採買武器的，不是逃犯。」美少年連忙揮揮手中的金盾箱子。

那箱子上鑲滿價值不菲的碩大鑽石，布布路緊張地對餃子耳語道：「餃子，你好像錯怪人了，他看起來很有錢的樣子。」

餃子無奈地翻白眼，他不過是打個比方而已，只有布布路這種單細胞兒童會當真。

「好了，如果各位沒有購買武器的需求，就請離開沙魯！」利瑟爾領主不客氣地向大家下「逐客令」，並虛情假意地補充道，「看在怪物大師管理協會的面子上，我就不追究你們私闖國境的罪過了，稍後還會安排專用的煉金船送你們出城。」

「對了！」談話陷入僵局，多可薩突然像想起甚麼似的，伸手從口袋裏摸出一張小紙片，讓艾姆隊長呈遞到領主面前，「麻煩領主大人幫忙鑒定一下，這是甚麼東西？」

奇怪的事情發生了！那張皺巴巴的小紙片就像有魔法一樣，不可一世的利瑟爾領主只看了一眼，立刻像隻鬥敗的大公雞一樣耷拉下腦袋，用發顫的聲音急不可耐地問：「這……這不可能，你是從哪兒弄到這個的？」

「這個嘛……」多可薩打了一連串哈欠才漫不經心地回道，「是尼尼克拉爾越獄的時候不小心留下的。」

咕咚一聲，利瑟爾領主臉色蒼白地從豪華的寶座上滑落下來，跌坐在地上。

新世界冒險奇談

第四站 STEP.04

# 利瑟爾領主的失算
## MONSTER MASTER 12

## 不能說的祕密

　　多可薩竟然用一張皺巴巴的小紙片讓傲慢的沙魯領主利瑟爾大驚失色，領主像受到沉重的打擊般渾身綿軟無力，失神地喃喃道：「不可能……這是一個可怕的大錯！」

　　紙片上是甚麼內容？布布路四人滿頭霧水地看向多可薩，他已經從艾姆隊長手中收回小紙片，慢條斯理地揣回口袋裏，完全沒有給別人看的意思。

　　「不行，我必須……」利瑟爾領主掙扎着從地上站起來，腳

步跟蹌地朝正殿外奔去，一邊跑一邊念念有詞，「我必須去處理一些重要的事情，艾姆隊長！」

「領主大人！」艾姆隊長擔心地跟上去。

「你把這幾個人帶去貴……貴賓室，在我回來之前讓他……他們耐心等待，不許破壞沙魯的規矩！」利瑟爾領主臉上的得意之情一掃而空，緊張得連連口吃。

「你們幾個，請吧！」於是，艾姆隊長將布布路他們，連同美少年一起「請」進皇宮的貴賓室。

「各位在貴賓室裏放心休息，門鎖上裝有爆破裝置，如果有人強行開關門，就會引起可怕的爆炸。」艾姆隊長在眾人身後轟的一聲關上門。

「這哪是讓我們好好休息，分明是拘禁！」賽琳娜不滿地叫起來，可門外再沒有回應了。更鬱悶的是，多可薩淡定地縮到角落裏呼呼大睡起來，怎麼也叫不醒了。

美少年倒是一副氣定神閒的樣子，自來熟地和布布路搭起話來，臉上還帶着花朵般迷人的笑容。「你們來沙魯時沒遇到甚麼危險嗎？」

「還好吧，除了飛艇被炸了。」布布路坦率地回答。

美少年同情地拍拍布布路的肩膀，又笑眯眯地湊到帝奇身邊：「你這豆丁小子怎麼總是沉着臉？」

帝奇眼中瞬間閃過一道冷若冰霜的寒芒。為防止美少年被暗器戳成篩子，賽琳娜忙一把將帝奇拉開。

「這位朋友，」餃子蹭到美少年身邊，別有用心地套話道，

「看你氣度不凡的樣子，想必是位名門之後，一定和利瑟爾領主很熟吧？」

「我也是第一次來沙魯採購武器呢，唉，人生地不熟的，感覺真寂寞。」美少年眨着閃閃發亮的眼睛，巧妙地回避了餃子的話題。

布布路納悶地撓着頭，總覺得好像在哪兒見過他，卻怎麼也想不起來。

賽琳娜盯着散發着王子般氣場的美少年，眼睛裏不由得閃出了小星星。

看到大姐頭露出少女般的表情，三個男生趕緊充當人形障礙物，阻隔美少年劈啪帶電的目光。

四人遠遠地躲到角落裏，面向牆壁，小聲討論起來。

餃子摸了摸狐狸面具，滿腹狐疑地說：「從利瑟爾領主剛才的反應看來，沙魯境內戒備森嚴，不像單純為了保護武器製造的核心技術，而像隱藏着甚麼不可告人的祕密……」

沒錯，大家都贊同地點點頭，尤其是……那個美少年不知何時也跟到大家身後，正大光明地偷聽大家的談話，還一本正經地笑着點頭。

受不了美少年的「深情凝望」的四人，只好換到另一個角落。

「咳咳，」餃子繼續說，「剛才利瑟爾領主看到小紙片以及得知小紙片是尼尼克拉爾留下後的反應，都很明顯地說明他不但認識尼尼克拉爾，還很清楚紙片的價值。」

「沙魯是一個唯利是圖的國家，為了錢可以將武器賣給任何

人，」帝奇冷冷地說，「所以尼尼克拉爾來沙魯很可能不是要竊取武器，而是堂而皇之地購買武器。」

「公然販賣武器已經很可怕了，沙魯還要把武器賣給通緝犯嗎?」布布路緊張地看着大家，然後……

然後，大家又說不下去了。因為美少年又湊上來，還學餃子的樣子，托着下巴做深思狀。

這回連一向粗線條的布布路都按捺不住了，他指着自己的腦袋，用口型詢問三個同伴：這個美少年是不是這裏有問題啊?

餃子三人頭疼不已，這個美少年太難纏了，大家乾脆忽略他的存在，繼續分析。

「剛才說到哪兒了……」餃子若有所思地推測道，「不管怎麼說，我想，抓捕尼尼克拉爾的任務為甚麼會被定為 A 級，答

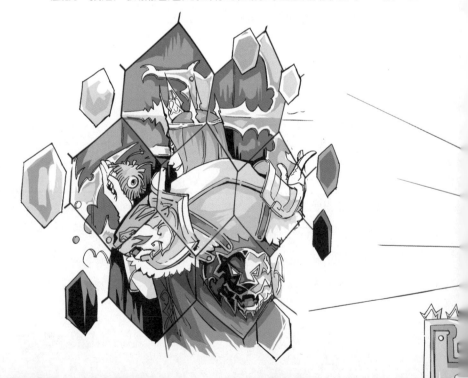

案恐怕就在那張小紙片上⋯⋯」

　　說到這裏，四人不約而同地看向不知何時睜開眼睛的多可薩。

　　多可薩並不回答，只是慢悠悠地攤開手掌，亮出一個蜂眼造型的精密儀器，自顧自地說：「我剛才隨手在利瑟爾的身上藏了一隻隱形蜂眼，通過這個螢幕可以監控利瑟爾領主的一言一行。」

　　「隨手？」布布路驚奇地看着多可薩，他剛才明明是一副昏昏欲睡的樣子。

　　其他三人眼中則露出期待的光芒，這樣的話，利瑟爾領主隱瞞的祕密就將揭曉了。

## 神祕的連絡人

多可薩按開蜂眼的播放開關，布布路四人忙湊到他身旁，緊張地盯着投射到牆面上的監控畫面。

利瑟爾領主的形象出現在畫面中，他渾身難以自控地戰栗着，正滿臉驚恐地對一隻卡卜林毛球說着甚麼。

多可薩慢悠悠地將監視器的聲音調大，利瑟爾領主誠惶誠恐的聲音立刻傳了過來 ——

「我說的話千真萬確，尼尼克拉爾正在做一件非常危險而可怕的事情，我請求您能庇護沙魯！」

「他在跟誰說話？」布布路困惑地看着大家。

「噓！」賽琳娜做個噓聲的動作，大家屏息聆聽。

卡卜林毛球中傳出一個陌生而低沉的男聲，用幸災樂禍的語氣說：「既然你已經知道了這件事，我就沒必要再隱瞞了。沒錯，沙魯人，你們失算了，哈哈！將沙魯的繁榮全都建立在無恥與貪婪之上的傢伙們，是時候付出代價了啊！」

「甚麼？您早就知道這件事了！」利瑟爾戰戰兢兢地詢問，「可您明明一直在給我們提供幫助和庇護啊……」

「那是因為你們需要的幫助正巧是我需要的掩護，我不過是順水推舟地給你們一些小甜頭罷了。」陰沉的聲音冷冷地回道，「現在我正式告訴你，我從不曾庇護沙魯，以後也永遠不會！作為這些年你為我做事的酬勞，我會讓尼尼克拉爾送一個大禮物給沙魯的。哈哈哈……」說到這裏，卡卜林毛球嘎吧一聲被

招斷。

「天哪!」深受打擊的利瑟爾領主無助地翕動着嘴脣,突然間,他像發現甚麼似的抬起頭,驚駭地瞪大雙眼,彷彿看到無比恐怖的景象⋯⋯

就在這時,兩隻蜂眼之間的連接被咔的一聲切斷,所有的畫面和聲音都消失了。

「不好,一定出事了!」布布路坐不住了,「我們要趕緊通知沙魯警衞隊!」

可是他們該怎麼離開這間貴賓室呢?

誰也不敢碰這扇佈滿機關的大門,就在幾人束手無策的時候,多可薩悶聲不響地走到門邊,隨後就聽咔嚓一聲,他一把將門拉開了!

「小心!」布布路四人立刻撲倒在地,但是,預想中的爆炸聲遲遲沒有響起⋯⋯四人尷尬地從地上爬起來,美少年滿臉憋笑地看着他們。多可薩的腳下則散落着一堆亂七八糟的引信和零件,雖然沒看到他的動作,但顯然他的手碰到門把前就將門上的爆破裝置拆除了!

面對瞠目結舌的四人,多可薩不以為意地聳聳肩:「不過是些簡單的拆除技巧,對於出身古老手工兵器製造世家的我來說,沒甚麼難度!」

餃子三人若有所思地相互看看,沒想到多可薩竟然能輕易拆除皇宮裏的機關,看來怪物大師管理協會派多可薩來沙魯執行任務定然是經過慎重考慮的。

多可薩果然深藏不露，布布路閃着星星眼，心想着等完成任務，一定跟他好好討教一番。

大家離開貴賓室，美少年卻沒跟上來，而是留在房間裏揮着手跟大家依依惜別：「朋友們，你們要小心，我們稍後再見哦。」

甚麼時候我們成了朋友啊？餃子正嘀咕，就見布布路幾人的表情十分不對勁，他走上前一看，偌大的皇宮走廊裏空蕩蕩的，艾姆隊長和他手下的皇家警衛隊竟然全都不見了蹤影……

# 預備生情緒控制測驗

Q02

你和同伴們到達作為武器之國的沙魯，又因私闖者的身份被逮捕，領主要求你們即刻離開，要不然將判處你們死刑，你會馬上離開沙魯嗎？

A. 不會。　　B. 可能會。　　C. 會。

■即時話題■

**餃子**：我怎麼覺得我們遇到的領主貌似都不太靠譜啊！利瑟爾領主一開始囂張極了，現在卻像霜打的茄子，他就這麼搖搖晃晃地跑了？不管我們了嗎？

**賽琳娜（攤手）**：看來是這樣。

**布布路**：幾個領主？餃子你說的還有誰啊？我怎麼想不起來了……

**餃子**：笨蛋，難道你忘記之前的那個諾亞森領主了？他不靠譜的程度勝過這裏的利瑟爾領主一倍不止！

**布布路**：哦，你說卡加蘭的領主伯伯啊，我覺得他人挺好的呀！他還接受我的意見，用丟硬幣來決定是不是要開啟永恆之泉呢！

**餃子**：我就是覺得他這點不靠譜！

完成這個測試後，你可以鑒定自己作為一個怪物大師預備生在情緒控制方面達到了甚麼程度。

測試結果就在第十二部的 210，211 頁，不要錯過哦！

**這是成為怪物大師的必經之路！！！**

尊敬的讀者：現在你跟隨布布路一起踏上了成為怪物大師的道路！向所有的困難發起挑戰吧！

MONSTER MASTER
+LOVE！DREAMS+

**新世界冒險奇談**

第五站 STEP.05

# 誘餌計劃
# MONSTER MASTER 12

## 早有預謀的越獄事件

皇宮裏空無一人！當布布路他們被軟禁在貴賓室的時候，外面發生了甚麼？

得找到艾姆隊長，讓他組織皇家警衛隊營救安危不明的利瑟爾領主。可是，沙魯皇宮內機關重重，任何一件武器都有可能一觸即發，在沒有人領路的情況下，他們不敢魯莽地亂跑。

就在大家在走廊裏小心翼翼摸索前進時，走廊盡頭突然傳來一陣急匆匆的腳步聲，一個熟悉的魁梧身影從拐角處閃出。

艾姆隊長慌慌張張地跑過來，詫異地指着布布路他們：「你們怎麼從貴賓室裏跑出來？」

「哼，我們好歹也是摩爾本十字基地派出來執行 A 級任務的精英，實力自然不容小覷！」餃子趁機吹噓。

「艾姆隊長，我們是來找你的！你們領主出事了！」賽琳娜用手肘撞撞餃子，示意他趕緊說重點。

而多可薩適時打開手中的蜂眼，將剛才的畫面在艾姆隊長面前重播了一遍。

「天哪，領主果然出事了！」艾姆隊長大驚失色，捶胸頓足地說，「難道……我中了調虎離山之計嗎？」

「到底發生了甚麼事？我們最好先理清現在的情況，」餃子忙老謀深算地打探道，「剛才你把我們『請』進貴賓室的時候，皇宮內明明有很多守衛的，現在怎麼空無一人了？」

「別提了！」艾姆隊長懊惱地說，「剛才城內突然爆發騷亂，一羣身份不明的黑衣蒙面人闖進展示街，搶劫武器。那些人的身手十分厲害，我只好將皇宮裏的精銳士兵派去增援，正準備向領主大人報告，沒想到這麼短的時間內，領主竟然不見了！」

「一羣身手厲害的黑衣蒙面人？」多可薩像想起甚麼似的一拍頭，慢悠悠地說，「差點兒忘了，動身之前我收到內部情報，從錮魔城越獄出來的逃犯似乎跟隨着尼尼克拉爾的步伐紛紛朝着沙魯來了。」

這麼大的事情他居然才想起來！布布路四人額頭青筋暴起，多可薩的行事風格簡直像牙膏一樣，擠一下才吐出一點有用

的線索。

「你是說那些黑衣蒙面人可能是錮魔城的越獄犯?」賽琳娜臉上血色全無,「那些人可都是賞金在五百萬以上的人物,個個非同小可。」

「可是,那些越獄犯彼此之間應該不認識吧,為甚麼他們都跑到沙魯來呢?」布布路百思不得其解。

「既然這次任務被定為 A 級任務,我看肯定不止對付尼尼克拉爾這麼簡單吧?如果我猜得沒錯,這次錮魔城越獄根本就是一次有組織的行動,而尼尼克拉爾更在其中充當着重要的角色,不是嗎?」帝奇目光銳利地盯着多可薩。

多可薩不置可否地聽着,並不回答。

「我想這些犯人到沙魯來的目的多半是為了武器,利瑟爾領主不會是被他們綁架了吧?」餃子眯着眼睛,猜度道。

「領主大人被錮魔城的犯人綁架了?我的老天!」艾姆隊長腳步都站不穩了。

「蜂眼監控中那個陰沉的聲音說過,要讓尼尼克拉爾送利瑟爾領主一個禮物,顯然尼尼克拉爾在預謀甚麼大事。」餃子思索了片刻,說,「如果錮魔城的逃犯真的是故意引開皇宮警衛來綁架領主,這一切恐怕早有預謀。如帝奇推測,尼尼克拉爾也許正是這次事件的主導者。可是,我想不通的是,一個侏儒如何能調動起這麼多窮兇極惡的罪犯……」

「啊呵呵!既然知道尼尼克拉爾確實在沙魯,只要把他引出來抓獲,問題就迎刃而解了,」多可薩一個哈欠打斷餃子的話,

輕鬆地說，「終於該讓你們幾個誘餌出場了……」

看着多可薩嬉皮笑臉的樣子，布布路四人冷汗直流，他是真的沒有計劃還是大智若愚啊？

「是，我會儘量配合你們，共同抓捕尼尼克拉爾，救出領主！」艾姆隊長審時度勢，決定協助布布路他們施行「誘餌計劃」。

## 打不倒的敵人

在艾姆隊長的帶領下，一行人走出機關重重的沙魯皇宮，重回武器展示街。

街上亂成一團，所有武器攤都被撞得亂七八糟，沿街的一長排店鋪燃起熊熊大火，各色兵器散落一地，店家和購買武器的客商尖叫着四處逃命。

皇家警衛隊正和一羣黑衣蒙面人在街頭短兵相接。

黑衣人的數目有二十幾個，雖然衣裝統一，行動卻毫無默契，體形差異也非常大，有的魁梧得像一座小山，有的卻粗矮得像個樹墩，但毫無例外的是，所有黑衣人都擁有可怕的破壞力。他們單槍匹馬，卻以一敵眾，一旦一個人發現沙魯士兵的弱點，其他人便會機警地立即效仿。

所以，即便沙魯士兵裝備精良、訓練有素，在這些個體作戰能力超強的黑衣人面前，也佔不到上風，凡是他們交手過的地方，全都有如蝗蟲過境般慘不忍睹。

「救命啊!」一聲小孩子的尖叫傳入布布路他們耳中。

一個頭上豎着尖利長角的黑衣人正瘋狂地撞着一堵高牆,一個來不及逃走的小男孩瑟縮在牆後,嚇得渾身發抖,驚恐地哭喊着。

牆壁搖搖欲墜,眼看就要坍塌,千鈞一髮之際,布布路高舉金盾棺材嘿哈一聲衝上去,險險地把小男孩救出來,在二人身後,不堪重負的高牆轟然砸下。

「哇噢!」布布路將小男孩放到安全地帶後,指着那個大搖大擺遠去的長角黑衣人,大喊道,「我在基地公告

牆的通緝令上看過他！」

　　不遠處，餃子他們也認出好多體形奇特的黑衣人，沒錯，他們都是從錮魔城逃出的越獄犯！但其中並沒有尼尼克拉爾的身影。

　　「得把他們這幾根蘿蔔送到最醒目的地方去。」多可薩指着布布路他們，對艾姆隊長說。

　　「皇家警衛隊聽令！」艾姆隊長手持長劍，急聲喝道，「掩護這幾個少年到高臺上去！」

　　隊長的出現讓士兵們士氣大增，他們開始根據指令靈活變換陣形，默契地團隊作戰，手中的武器發揮出更大的威力，漸漸開出一條通往街區中央高臺的通道。

　　「去吧，誘餌們！」多可薩用力把布布路四人往前一推，自己則置身事外地退到角落裏，還美其名曰，「我在這兒掩護你們。」

　　　　布布路四人無奈地對視一眼，硬着頭皮衝上去，

一個個放開嗓門，大聲挑釁道：「尼尼克拉爾，快出來！」

「仔細瞧瞧，你還認得我們嗎？」

「大家注意看腳下，侏儒是很矮的！」

「不要嘲笑人家的身高！」

……

可是，尼尼克拉爾非但沒有出現，黑衣人倒被吸引過來了。

面對虎視眈眈攻上來的黑衣人，布布路忙將沉重的棺材舉到胸前充當盾牌，抵抗住第一波迎面襲來的兵器。

四不像則興奮地東竄西竄，隨爪撿起地上的武器，毫不客氣地對着那些黑衣人劈頭蓋臉地猛戳，沒人能跟上它的速度。

餃子施展古武術，升級的藤條妖妖一口氣揮出數根藤條，劈頭蓋臉地抽向從兩側包抄他們的黑衣人。

賽琳娜使用元素石，配合水精靈，使出很多變幻莫測的招式，將圍上來的黑衣人打得措手不及。

「吼！」巴巴里金獅抖動渾身的金色鬃毛，發出震懾心魄的獅王咆哮彈，被震飛的黑衣人還沒來得及爬起來，一枚枚閃着寒光的暗器便緊隨而至。

「尼尼克拉爾！快出來！」戰鬥過程中，四人不斷叫囂着尼尼克拉爾的名字，擔當起作為誘餌的職責。

沙魯士兵也在艾姆隊長指揮下，運用「各個擊破」的戰術，集中火力將黑衣人一個個擊倒。布布路他們和沙魯士兵漸漸佔據上風，可大家心中卻湧出一股奇怪的感覺。

布布路納悶地揉揉眼睛：「黑衣人的數量怎麼不見少呢？」

「因為他們根本打不倒!」帝奇臉色鐵青。

只見那些被打倒在地的黑衣人,沒一會兒工夫就毫髮無損地重新站起來,就算皇家警衛們使出最強勁的武器都沒有用,他們就像是刀槍不入一樣⋯⋯

## 難以攻克的護甲——「碎刃」

隨着戰鬥時間的拉長,沙魯士兵們的體力急劇下降,而二十幾個越獄犯卻越戰越勇,即便被擊倒也會很快重新爬起來。

面對無懈可擊的黑衣人,布布路他們和皇家警衛隊一時沒了主意。

「不好!」正迎戰一名黑衣人的艾姆隊長,揮劍挑破了對方的衣服,當看清衣服的內部結構時,他難以置信地大喝道,「是『碎刃』!」

聽到艾姆隊長的話,沙魯士兵像是接到命令一般,紛紛停止進攻,轉為防守的陣勢。

「甚麼情況?」四個預備生被迫跟着士兵往後撤,布布路疑惑地問,「碎刃是甚麼?」

「這些逃犯的黑衣是用一種叫碎刃的神級材料製成的護甲!碎刃十分堅韌,能最大程度地抵禦武器帶來的傷害,我們手裏這些武器根本無法攻克碎刃!」艾姆隊長解釋道。

「沙魯不是武器強國嗎,你們難道沒有克制碎刃的兵器嗎?」帝奇皺眉問道。

「目前看來，碎刃幾乎是無法摧毀的護具……」艾姆隊長氣喘吁吁地回答，「當年，成功鍛造出碎刃後，沙魯人意識到自己居然無法製造出克制它的兵器，碎刃幾乎成為最強大的防禦材料，這對於武器強國來說是莫大的恥辱，所以，最後決定將碎刃作為沙魯的最高機密封存起來。」

「甚麼叫『幾乎無法摧毀』和『幾乎是最強的防禦材料』？」餃子亂跳着躲避黑衣人射來的箭，怪叫道，「不要賣關子了！」

「我的意思是，沙魯製造不出來，不代表這世界上就沒有碎刃的剋星兵器，」艾姆隊長有些慚愧地小聲說，「據說，神兵能克制碎刃！」

「神兵？莫非是……」帝奇若有所思地看看布布路。

艾姆隊長邊後退邊向大家解釋道：「神兵，就是由神級材料打造而成的。所謂的神級材料，指的是那些由大自然和宇宙的力量所形成的物質，其形成極具偶然性，根本是人力無法企及和預料的，更無從尋找其蹤跡。因為神級材料的罕見和稀有，所以神兵的數量可謂鳳毛麟角。」

「咦？」布布路眼睛一亮，問道，「光明神之劍算是神兵嗎？」

「光明神之劍！那簡直算得上是神兵之首！」艾姆隊長頭盔後的眼睛一亮，但很快又遺憾地說，「可惜，自從卡桑德蘭大帝死後，那把神劍就下落不明了，據說它不久前曾在巴勒絲出現過，但那畢竟是傳言，更何況巴勒絲離這裏千里之遠……」

艾姆隊長的話還沒說完，布布路早就健步如飛地朝着一個黑衣人衝過去了。

「布魯布魯！」四不像正抓着一根黑乎乎的撥火棍，張牙舞爪地對那個黑衣人亂戳。

布布路一把搶過撥火棍，就聽轟的一聲，刺眼的白熾光芒從撥火棍中猛烈躥出，在凌厲劍氣的環繞下，不起眼的撥火棍瞬間變成一把光芒四射的利劍！

## 來自地底的至尊魔器
### MONSTER MASTER 12

新世界冒險奇談
第六站 STEP.06

# 圓門之後
# MONSTER MASTER 12

### 光明神之劍的主人

　　「不會吧……」艾姆隊長驚訝得頭盔都差點掉了下來。餃子
拍拍他的肩膀，淡然地說：「沒錯，那就是你說的神兵之首——
光明神之劍。」

　　不僅艾姆隊長看傻了，交戰中的雙方都停下來了，武器商家
和採購者也忘記逃命，所有人都目光閃閃地看向布布路手中大
放光芒的光明神之劍——

　　「那是……光明神之劍！」

「天哪，那可是神兵中的神兵！」

「這個少年是光明神之劍的主人——被通緝的巴勒絲匪首嗎？」

「我的通緝令已經被解除了，那只是一個誤會。」布布路忙認真地解釋道。

好一會兒，黑衣人們才醒悟過來，不知誰大喝一聲：「快點把那個少年打倒！」

他們全都將矛頭對準布布路，羣起而攻之。

「掩護光明神之劍的主人！」眼看布布路成為眾矢之的，艾姆隊長忙向皇家警衛隊下令。

賽琳娜三人也默契地以布布路為中心，幾人左右開弓。

在眾人的掩護下，布布路銳不可當地一路向前，被光明神之劍的劍風掃到的黑衣人，身上的護甲四分五裂地爆裂開來。

失去護甲的黑衣人驚慌失措，皇家警衛隊乘機發起反攻，突如其來的逆轉讓黑衣蒙面人氣勢大跌……

混亂中，一直遠遠觀戰的多可薩突然跳出來，使壞地猛一伸腿，將一個黑衣人絆趴在地，然後多可薩索性坐到黑衣人身上，一頓亂翻後，翻出一個卡卜林毛球。

多可薩用力一捏毛球，一個尖銳的聲音從毛球中傳出來：「別理那四個人了，快撤！」

布布路四人渾身一震，那聲音是尼尼克拉爾！這麼說，他真的是這羣越獄犯的首領？

聽到卡卜林毛球中的命令後，黑衣人們竟然真的調頭了。

尼尼克拉爾十分狡猾，只靠卡卜林毛球中的聲音還是無法抓捕他，目前唯一的線索就是這些黑衣人。大家分頭追擊，很快竟然又見面了，原來黑衣人雖然像一盤散沙，但撤退的方向卻幾乎是一致的。

## 機密之地

布布路他們遠遠地跟着倉促撤退的黑衣人，來到一個黑洞洞的地道入口處，布布路十分肯定地說：「二十幾個黑衣人都鑽進地道裏了！」

「這個方向……」艾姆隊長不安地看着地道深入的方向。

賽琳娜回想着目前掌握的沙魯城池佈局，疑惑地說：「這地道是通向沙魯皇宮的！」

尼尼克拉爾的藏身之處怎麼會在皇宮裏？眾人面面相覷。

「通道也可能會在中途轉彎，或許不是通向皇宮……」艾姆隊長一邊自我安慰，一邊吩咐身後的士兵，「你們分成兩隊，一隊原路回皇宮鎮守，一隊跟我來。」

「下去看看就知道了！」多可薩將布布路幾人推進通道，艾姆隊長跟士兵們緊隨其後。大批士兵在狹窄的通道裏行進，到處都是鎧甲摩擦的叮叮噹噹的金屬聲。

通道是一條光線昏暗的狹窄走廊，筆直向前，沒有任何轉彎和岔路，走廊盡頭處，赫然橫置着一堵緊閉的圓形大門，門上刻着八個猙獰的紅色大字 ——

**絕密重地，閒人禁入！**

「這門很眼熟……」帝奇冷眼打量着這扇圓門。

布布路伸手推了推，圓門紋絲不動，不禁納悶地嘀咕：「這到底是甚麼地方啊？」艾姆隊長渾身抖得像篩子，壓低聲音道：「這裏是沙魯最機密的所在 —— 萬神之砧，是最重要的武器加工坊！這裏的鐵砧相傳是已經滅絕了的巨人族曾經使用過的，打造的武器堪稱神級！在沙魯的法律中，武器核心技術是高於一切的機密，所以沒有利瑟爾領主的親筆手諭，任何人都不允許踏入半步，擅闖者格殺勿論！怎麼會被挖出一條密道？」

士兵們臉上也盡是凝重和不安之色。

「我想起來了！」布布路一拍腦袋，大聲道，「這不是利瑟爾

領主失蹤的地方嗎?」沒錯,在之前蜂眼監控的最後畫面裏,利瑟爾領主背後正是一扇圓形的大門!

「不對,」賽琳娜謹慎地說,「雖然圓門一模一樣,但我記得利瑟爾領主身後的圓門上方好像掛着一面時鐘……」

可眼前這堵圓門上方只有空蕩蕩的牆壁。

「利瑟爾領主遭到攻擊的位置應該是在圓門的另一邊,」艾姆隊長忙指着鑲嵌在圓門左右兩側的獅頭,解釋道,「這是領主專用的識別獅眼,自從沙魯建國以來,萬神之砧就只有歷代領主才有資格進入。」

「可剛才那些黑衣人去哪兒了?如果這圓門只有領主才能打開,挖密道的人為甚麼不直接把密道挖到門的另一端呢?」餃子精明的狐狸眼眨了眨,「由此可見,一定有其他方法能打開這扇門!」

「有人應該能解決……」帝奇斜了多可薩一眼,他之前可是輕輕鬆鬆就拆除了貴賓室門上的爆破裝置。

多可薩卻攤開手,愛莫能助地說:「這扇圓門上的機關可沒那麼容易拆除,它是根據泥沼蟲的原理改造的,獅眼識別的不是圖像,而是氣味。」

「泥沼蟲是甚麼?」聽到新名詞,布布路的眼睛瞪得溜圓。

賽琳娜憂心忡忡地解釋道:「泥沼蟲是一種生活在沼澤中的罕見蟲類,它們對氣味特別敏感,身體上攜帶致命的劇毒。一隻母蟲一生只會產一隻子蟲,母蟲會排斥和攻擊一切靠近自己的陌生氣味,除了子蟲之外,沒有人能接近母蟲。換句話說,這

扇門的識別裝置其實就相當於一隻母蟲，只有與之相配的子蟲才是開啟它的唯一鑰匙，如果沒有正確的鑰匙，這門恐怕會像母蟲一樣，釋放出致命機關。」

「是的，那把獨一無二的子蟲鑰匙就是歷代領主的氣味，除了利瑟爾領主沒有人能開啟這扇門。」艾姆隊長點頭道，「為防止圓門釋放出致命危險，我們也不能強攻。」

「那可怎麼辦？」布布路急得抓耳撓腮。

## 奇怪的空房間

以尼尼克拉爾為首的通緝犯們極有可能已經佔領了沙魯最機密的武器加工坊，他們一定會利用其中的武器做壞事，必須要制止尼尼克拉爾，絕對不能讓他得逞！

可布布路他們該怎麼進入這扇嚴絲合縫的圓門呢？

「有個辦法或許可行，」多可薩將目光投到餃子身上，「你的怪物藤條妖妖在開花的時候，能夠釋放出一種清香，這種清香可以起到短暫麻痺神經系統的作用，或許能暫時破壞獅眼的氣味識別系統。」

「試試看吧。」餃子忙把藤條妖妖從怪物卡中釋放出來，在塔拉斯得到升級的藤條妖妖體積比從前暴增數倍，全身覆滿堅硬的厚甲。

「唧唧！」在餃子的示意下，藤條妖妖頭頂的花朵迅速綻放，帶着異香的花粉從花蕊中裊裊湧出，覆蓋住圓門上的獅眼。

一秒鐘，兩秒鐘，三秒鐘……終於，獅眼中傳出咔嗒一聲脆響，沉重的圓門咯吱咯吱地動起來，打開一條僅供一人通過的小縫……

「太好了，藤條妖妖成功了！」布布路興奮得直蹦。

「花粉的麻痹作用持續的時間有限，門只能打開到這種程度了，」餃子從藤條妖妖那兒接收到心電感應，催促道，「大家快進！」

布布路他們紛紛側身進入圓門，隨後是多可薩，可就在艾姆隊長進來之後，圓門突然轟的一聲閉合了，大批的皇家警衛隊全都被隔在走廊中。

藤條妖妖頭頂上的花蔫巴巴地謝了，短時間內無法再綻放。看來，在找到領主之前，大家一時半會兒是無法離開萬神之砧了，艾姆隊長也無法和皇家警衛隊會合。

艾姆隊長只好對着圓門外大聲喝令道：「你們守在這裏待命！」

圓門的另一邊傳來一陣鎧甲的咔嚓摩擦聲，想必是訓練有素的士兵們正在排成縱隊待命。

布布路他們則被圓門後的情景驚呆了。

「這是怎麼回事？」布布路的頭轉得像撥浪鼓，難以置信地四下張望着。

作為武器之國的絕密武器加工坊，大家剛才設想了多種關於萬神之砧的危險和震撼畫面，但眼前的一切還是大大地超出意料──

大門後面甚麼都沒有！

這是一個狹小而密閉的房間，裏面空空蕩蕩，沒有武器，沒有加工作坊，更沒有人影，只有四面雕刻着繁複花紋的牆壁，牆壁堅實厚重，完全沒有機關的痕跡。

另外，天花板和地面都使用了特殊的煉金材料，可以自動產生光，讓密閉空間內產生有如日光照映般的明亮效果。

「利瑟爾領主和那些黑衣人來過這裏，」布布路的鼻子警覺地聳動着，十分肯定地說，「我能聞到他們的氣味！」

「可他們現在去了哪裏呢？」餃子疑惑地四下打量着，低聲道，「武器之國的機密加工坊絕不可能是這個樣子，這個房間一定隱藏着甚麼玄機。」

大家百思不得其解，只能將目光投向房間內唯一的沙魯人——艾姆隊長。

# 預備生情緒控制測驗

這是成為怪物大師的必經之路!!!

尊敬的讀者:現在你跟隨布布路一起踏上了成為怪物大師的道路!向所有的困難發起挑戰吧!

 **Q03** 你和同伴們追蹤敵人來到一扇設有機關的門前,但只有你一個人通過此門,你是否能繼續獨自追蹤下去呢?

A. 不會。　　　B. 可能會。　　　C. 會。

## ■即時話題■

**布布路:** 泥沼蟲有劇毒又稀少,那到底要用甚麼方法才能捕捉到它呢?

**艾姆隊長:** 由於泥沼蟲喜歡曬太陽,所以它一般會在天晴的時候浮出沼澤,你需要在天晴的時候去搜索它。當你發現它之後,切記不可驚動它。你要先在一百米外的沼澤裏埋進去一個鐵盒,盒子呈打開狀態,然後用光石去照泥沼蟲,強烈的光亮會吸引它的注意力,然後你慢慢移動光石,將它引誘到事先埋的鐵盒裏,再關上盒蓋,就大功告成了。對了,因為捕捉泥沼蟲要注意的細節很多,比如埋入沼澤中的鐵盒會在一定時間內沉下去,所以經驗很重要。

**布布路:** 好有趣!我們甚麼時候去抓抓看,好不好?

**賽琳娜:** 別忘了我們還在執行任務,先別討論這個問題好嗎?

**布布路:** 哦!

完成這個測試後,你可以鑒定自己作為一個怪物大師預備生在情緒控制方面達到了甚麼程度。

測試結果就在第十二部的 210,211 頁,不要錯過哦!

## 來自地底的至尊魔器
### MONSTER MASTER 12

**新世界冒險奇談**
第七站 STEP.07

# 黑暗中的偷襲者
## MONSTER MASTER 12

### 旋轉的房間

面對大家疑問的目光，艾姆隊長無奈地兩手一攤：「我早就告訴你們了，萬神之砧只有領主才有資格進入，我也是第一次來，不知道這房間到底有甚麼玄機。」

唉，連在場唯一的沙魯人也提供不出有用的情報，布布路他們露出泄氣的表情。

「我倒是想到一件奇怪的事，」一片沉悶之中，帝奇像想起甚麼似的說，「在之前的蜂眼中，領主是背對着圓門的，那麼他

看到的可怕東西應該位於圓門的對面。」有道理！大家紛紛仿效領主的站立角度，向圓門對面看去，果然看出不尋常之處──

這面牆壁竟然呈現向外凸起的弧形，只是因為弧度十分小，所以不仔細看便察覺不出來。

餃子露出恍然大悟的神情，扭頭對賽琳娜說：「大姐頭，能不能讓水精靈幫個忙？」

「好。」賽琳娜忙召喚出水精靈，讓它朝着那堵弧形牆壁的四邊吐出極其細小的水柱。

「哇，水柱消失了！」布布路驚奇地叫道。

只見那一股股細若蛛絲的水柱全都離奇地融入牆壁的邊線，消失了。

「不，水柱沒有消失，而是穿過了牆邊的縫隙，」帝奇沉聲說，「這說明這堵牆和這個房間不是一體的。」

「也就是說，這個房間其實只有三面牆壁，而弧形的這面牆其實是屬於另一個四壁為圓形的更大房間。」賽琳娜順着帝奇的話往下分析，「我想，在那個更大的圓形房間裏一定有通往萬神之砧的真正通道，只要能讓這個小房間沿着圓形大房間的弧形牆壁旋轉，最終就能和真正的通道契合！」

「可是，怎麼才能讓這個小房間旋轉呢？」布布路似懂非懂地問。

餃子三人被布布路問住了，多可薩則望着圓門上方，慢悠悠地說：「我怎麼覺得那兒怪怪的……」

「咦？」布布路的眼睛眨巴着，大聲說，「圓門上頭的時鐘指

針位置變了！」

大家謹慎地重新重播一遍蜂眼中的監視錄影，發現在最後定格的畫面中，時鐘的指針真的不同。

「也許將時鐘撥到錄影中最後的時間，就能讓小房間旋轉，可是……」餃子還來不及提醒可能會出現的危險，布布路就興奮地跳上前，將時鐘的指針撥動了。

咔啦啦，咔啦啦……

隨着布布路手起手落，小房間果然沿着弧形的牆壁轉動起來，在轉過三十度之後戛然而止。

耳畔一片寂靜，弧形的牆壁不見了，取而代之的是一個黑洞。

小房間裏由煉金材料發出的光亮絲毫不能射入黑洞之中，黑暗和光亮之間似乎有一道無形的屏障，賽琳娜丟向洞中的光石像落入大海中的水滴，甚麼作用都沒起。

「好黑啊，」布布路舉着發亮的光明神之劍，極力向洞內張望，「甚麼都看不見！」黑暗中如同潛伏着一隻能吞噬光明的怪獸。

「這太奇怪了，連神劍的光芒都無法照亮這黑洞！」餃子深吸一口氣，閉上雙眼沉吟道，「不過我覺得利瑟爾領主應該就在裏面。」顧及艾姆隊長在場，餃子沒有明確說出他正集中意念用第三隻眼睛進行感知的事。

「這裏面一點光都沒有，可能會有埋伏。」賽琳娜說，「大家最好一起行動。」一行人小心翼翼地進入伸手不見五指的黑洞

中，眾人的身影被濃濃的黑暗吞噬，甚麼都看不見，只能靠着布布路的嗅覺和餃子第三隻眼睛的微弱感應，深一腳淺一腳地向前摸索。

　　「我好像知道是怎麼回事了，」黑暗中，艾姆隊長緊張地說，「這個地方應該使用了永夜之石，那是一種非常少見的元素石，可以將光線減弱到人眼無法識別的狀態，由永夜之石製造出的黑暗舉世公認是無法破解的，所以和碎刃一樣，永夜之石也被列為禁忌材料。」

　　禁忌材料連連出現，布布路他們心中疑竇叢生。

　　而在這個比黑夜還要黑的地方，大家根本不知該如何隱藏自己，只能繃緊神經，硬着頭皮前進……

## 黑暗中的埋伏

咣噹!

寂靜的黑暗中,突然傳來一聲清脆的金屬碰撞聲,把大伙兒嚇了一大跳。

「布魯,布魯!」隨之而來的是一陣熟悉的聒噪叫聲。

「糟糕!」布布路下意識地摸摸背後的棺材,四不像不知道甚麼時候從棺材裏溜出去了,聽起來它好像是撞到甚麼東西上了。

布布路忙循着氣味追上去,亡羊補牢地把四不像塞回棺材裏。

但剛才那陣動靜顯然已經將大家暴露了,黑暗中傳出詭異的窸窸窣窣聲,那聲音越來越近,彷彿無處不在地包圍住眾人!

大家身上激起一層雞皮疙瘩,那不舒服的感覺就像是被無數雙幽暗的眼睛盯住,卻看不到敵人是誰,在哪裏。

「可能是那些越獄犯，大家當心！」帝奇警惕地小聲提醒。

大家趕忙默契地背靠着背圍成一個圈，各自警戒不同的方向。所有人都屏息凝神，調動全身的感官能力去捕捉空氣中輕微的響動和氣流的變化。

咻！

片刻之後，黑暗中突然傳來一聲刺破空氣的尖嘯，通過聲音的尖厲程度可以判斷出，那絕對是一把強弓勁弩發出的。

「嘿哈！」布布路憑藉動物般的靈敏知覺，本能地縱身一跳，就聽咣的一聲，背後的金盾棺材險險將冷箭擋下了，但強大的衝擊力也將布布路撞飛出數米遠。

咻！咻！咻！

還沒等布布路站穩，新一輪暗襲就開始了，冰冷的箭紛紛刺破空氣，有如箭雨般襲來。隱藏在黑暗中的敵人顯然不打算留給對手喘息的機會。

「注意，三點鐘方向，六點鐘方向，九點鐘方向。」餃子額上的第三隻眼閃了閃，快速報出三個方向。

所有人立即如閃電般移動起來，但周圍實在太黑了，再加上對地形的陌生，大伙兒只能躲避防守，根本無法進攻。而作為任務主導者的多可薩始終不出聲，似乎完全沒考慮甚麼戰略佈局。

而敵人那邊顯然更勝一籌，他們似乎完全不受永夜之石的影響，不管布布路他們怎麼躲，冷箭都像長了眼睛似的緊隨其後。

左躲右閃之際，布布路的腳踝冷不防被甚麼東西死死握住了，一個熟悉的聲音從布布路腳邊發出：「快，快逃！」

「領主大人！」艾姆隊長悲喜交加地循聲撲過來，「終於找到您了！」

利瑟爾領主似乎並沒有受傷，只是受到驚嚇，顯得有些虛弱。

「哈哈，既然找到領主，我們就不必再硬碰硬，原路返回吧！」多可薩語調輕鬆地示意大家撤退。

艾姆隊長背起利瑟爾領主，大家相互攙扶着，摸索着來時的方向撤退，終於退回到黑暗的盡頭，但那裏卻只剩一堵厚實的牆壁，通往小房間的入口消失了！

「這下麻煩了！」餃子鬱悶地叫道，「一定是在我們進入黑暗後，小房間又轉回去了！」

只有圓門上方的時鐘才能讓小房間重新轉動，布布路他們似乎被困在黑暗中了……

## 隱藏的皇家武器庫

重返小房間的入口消失了，黑暗中的冷箭更加密集，敵人似乎準備發動最後一擊，將他們一網打盡！

「跟我來！」危急關頭，利瑟爾領主掙扎着從艾姆隊長背上下來，撲到牆壁上摸索起來。

不知他做了甚麼，牆壁突然發出一陣古怪的嘎吱聲，隨後，

布布路就覺得手臂被拽住，整個人被利瑟爾領主抓着撞向牆壁。

「哇哇哇！」布布路眼冒金星地從地上爬起來，愣愣地回頭望去，咦？他並沒有撞到牆上，而是穿過了牆壁，怎麼回事，難道是穿牆術？

其他人也先後被利瑟爾領主推搡着「穿」過牆壁。

牆壁的這一端一片光亮，大家這才後知後覺地意識到，並不是穿牆術，而是利瑟爾領主開啟了隱藏門，而在牆壁另一邊，永夜石吞掉所有光亮，所以就算有門，身處黑暗中的他們也看不見。

隱藏門在大家身後迅速合攏，適應光線後，大家看清周遭的環境，一個個不禁瞠目結舌。

這裏是一座校場般巨大的武器倉庫！倉庫裏到處堆疊着滿滿當當的武器，這些武器的造型和等級顯然比武器街上展示的更優良，數量足以發動一場聲勢浩大的世界大戰！

「這裏是沙魯的皇家武器庫，四壁都是由堅固的防彈礦石打造而成，我們可以暫時在這裏躲避。」利瑟爾領主再也沒心情向外人炫耀沙魯的國力了，他垂頭喪氣地吩咐艾姆隊長，「得想辦法讓皇家警衛隊來接應我們，並聯繫各級大臣們！」

「是，領主大人，我這就想辦法。」艾姆隊長神情嚴肅地回道，但這裏卡卜林毛球信號似乎受到了干擾，所以他不得不舉着毛球，滿倉庫尋找能發出信號的位置。

「利瑟爾領主，」多可薩慢悠悠地湊到利瑟爾領主身旁，意味深長地問道，「事到如今，你是不是應該和我說點甚麼呢？那

個打算讓尼尼克拉爾給你送一個大禮物的人……」

「你怎麼會知道這個？這……這是我國的機密，不……不能告訴你……」利瑟爾領主大驚失色，眼珠子骨碌骨碌亂轉着，含糊其詞地逃避問題。

布布路四人也想上前幫忙逼問，多可薩卻擺擺手，示意大家不用開口，然後從口袋裏掏出一樣東西，伸到利瑟爾領主鼻子底下，漫不經心地問道：「利瑟爾領主，這是四不像剛才在永夜之石製造的黑暗中不小心撞到的，麻煩您幫我鑒定一下，這是甚麼東西？」

熟悉的一幕又上演了，一看到多可薩手中的東西，利瑟爾領主頓時雙目圓瞪，渾身顫抖起來。

來自地底的至尊魔器

MONSTER MASTER 12

新世界冒險奇談

第八站 STEP.08

# 萬神之砧的真相
## MONSTER MASTER 12

## 真正的武器製造者

　　甚麼東西能讓像狐狸一樣狡猾的利瑟爾領主再次變得六神
無主呢？大家好奇地看去 ── 多可薩的掌心上靜靜躺着一些小
工具，有拇指粗的錘子、巴掌厚的鐵砧、拳頭大的鼓風機……
它們都是用於加工和鍛造武器的工具，並且無一例外都是袖珍
版，好像兒童玩具般小巧精緻。

　　多可薩像自言自語似的說道：「這些工具看起來雖小，材質
卻十分稀有，都是由極其堅固的礦石鍛造而成，而且工具均有

不同程度的磨損，可見它們是被使用過的，是甚麼人能使用這麼小的工具呢？……」

利瑟爾領主的臉色越來越白，腦門上冷汗橫流，嘴脣卻咬得緊緊的，似乎還想抵賴。

多可薩緊盯着利瑟爾領主，嘴角勾起一抹耐人尋味的笑意，繼續加碼道：「領主您大概有所不知吧？從錮魔城逃出的越獄犯目前全都聚集在貴國境內，我們就是追蹤一伙身着碎刃護甲的逃犯進入萬神之砧的，您一定想不到，貴國固若金湯的機密武器加工坊竟被人挖出暗道來了……我現在鄭重地告訴你，這伙藍星上最窮兇極惡的罪犯很有可能都聽命於尼尼克拉爾，此事關係到貴國的安危存亡，希望領主您能以國家為重，跟我們合作了。」

「甚麼？錮……錮魔城所有的逃犯都在沙魯！」利瑟爾領主的雙腿抖得幾乎快要站不住了。

「領主大人！」艾姆隊長擔心地扶住領主。

好半天，利瑟爾領主才長噓出一口氣，整個人好像老了十幾歲，疲憊不堪地說：「好吧，既然事已至此，我就全都告訴你們吧……一直以來，為沙魯打造武器的能工巧匠並不是沙魯人，而是侏儒……」

「侏儒？」布布路難以置信地掏掏耳朵，為「扼喉之鄉」帶來巨大利益和榮耀的武器製造者竟然不是沙魯人，而是侏儒！

在多可薩的盤問下，利瑟爾領主終於決定將沙魯的祕密和盤托出。

「眾所周知，武器的核心製造技術是沙魯的最高機密，我們自詡每個沙魯人都是能工巧匠，嚴格禁止將技術傳授給外人，並以此為傲，在藍星各地受到貴賓般的禮遇。但事實上，武器的真正製造者卻是侏儒族。因為，人類的雙手根本無法打磨出在細節上精緻入微的武器，」利瑟爾領主紅着臉，羞愧地說，「而侏儒族體形矮小，身高只有五六歲孩童的大小，最重要的是，他們的雙手擁有靈活而有力的六指，個個都是天生的能工巧匠，而且他們十分聰明，具備無與倫比的創造力，能在沙魯人的武器設計圖上進行畫龍點睛的改良，所以，沙魯將大量侏儒囚禁在地下的萬神之砧中，從事武器加工和鍛造的苦工。」

　　「靠奴役侏儒族來獲取利益，原來這就是沙魯強國的祕密，」賽琳娜厭惡地說，「難怪剛剛蜂眼監控中的那個人說沙魯的繁華是建立在無恥與貪婪之上的！」

## 壓迫與反抗

　　艾姆隊長沉默地攙扶着利瑟爾領主，頭盔遮住他的表情，但他扣在領主手臂上的手卻不由自主地微微顫抖着。

　　「在藍星的歷史上，曾經有一段對侏儒來說相當黑暗的時光，那時候，人類大肆捕獵生活在地下洞穴中的侏儒，將他們當成奴隸⋯⋯」餃子托着下巴，沉吟道，「但那野蠻的歷史早就成為過去，現在，捕獵侏儒被列為違法行為。據我所知，如今侏儒族基本在藍星各地的深山老林中避世而居，很少露面。沒想到，武器大國沙魯居然還在偷偷奴役他們！」

「沙魯製造出這麼多的武器，一定需要很多侏儒吧？」布布路指着這座巨大的武器倉庫，不解地問，「非法奴役那麼多的侏儒，要怎麼保證不被人發現呢？」

「那是因為得到一個大人物的幫助，他十分瞭解侏儒族，正是靠着他提供的精確地點，沙魯才能源源不斷地捕獵到數量眾多的侏儒。」利瑟爾領主苦着臉，老老實實地作答，「也是在大人物的提點下，我們才能得知，在結束被人類奴役的苦難歷史後，侏儒族隱居到暗無天日的地下，漸漸變成一個害怕陽光的種族，陽光會讓他們變得遲鈍、脆弱和不堪一擊。所以，我們在萬神之砧週邊打造出用煉金材料模擬陽光的明亮房間，杜絕侏儒外逃。另外，將沙魯城建在無底沼澤之上，也是為防止擅長挖洞的侏儒通過地穴逃跑。就這樣，侏儒們被囚禁在萬神之砧中勞作，然後通過傳送帶將武器成品送入武器倉庫。」

「嘖嘖，真是好一套完美而高效的生產流水線……」餃子唾棄地譏諷道。

「這個十分瞭解侏儒族的大人物是甚麼來頭？」多可薩不動聲色地問。

「這我就真不知道了。」利瑟爾領主哭喪着臉說，「從來沒有人見過那個大人物，也不知道他到底活了多少歲。每一任領主都會按照上一任領主傳下來的方式和他保持聯繫，也就是一隻點對點傳送的卡卜林毛球。另外，使用卡卜林毛球的地點也必須是只有領主才有資格進入的萬神之砧，領主也不許打探大人物的身份。武器製造是沙魯的經濟命脈，為了讓沙魯繼續稱雄

武器製造領域，每一任領主都嚴格遵守着和大人物之間的這種合作方式。」

「之前我們在你身上偷偷放了監控蜂眼，不過，當大人物掐斷和你之間的卡卜林毛球通話後，蜂眼就被掐斷了，那之後到底發生了甚麼？」賽琳娜困惑地問。

「之前在皇宮中，我看到多可薩手中的小紙條，心中暗叫不妙，侏儒族恐怕在醞釀着一個足以顛覆世界的陰謀！所以我急忙趕來萬神之砧查看，果然發現侏儒們全都不見了！就在我用卡卜林毛球向大人物求救的時候，幾個手持武器的侏儒衝進來，把我拖進可怕的黑暗中……」利瑟爾領主懊惱不已，「太可怕了，我以為萬神之砧的設計是萬無一失的，所以漸漸對侏儒族放鬆警惕，沒想到他們竟然在我眼皮子底下煉造出禁忌的永夜之石，解除了萬神之砧對他們的囚禁！」原來之前蜂眼突然中斷信號，是因為侏儒一族衝進來，偷襲了利瑟爾領主。

餃子若有所思地揣摩着：「這麼說來，那些越獄犯穿的碎刃護甲應該也是侏儒族偷偷煉造出來的嘍？不過，對於沙魯來說，禁忌武器的製造技術應該是機密中的機密，怎麼會泄露到侏儒手中呢？另外，那張小紙條上到底是甚麼內容？……」

多可薩對餃子的疑問置若罔聞，大家已經習慣多可薩「擠牙膏」式的行事風格，所以也懶得追問他。

「哼，咎由自取。」帝奇則鄙夷地看着利瑟爾領主。

「是的，壓榨和奴役侏儒族，的確是我們沙魯人利慾薰心，」利瑟爾領主不敢反駁，而是用發顫的聲音激動地說，「但是侏儒

們現在控制着萬神之砧，他們肯定恨不得摧毀沙魯。我擔心一座沙魯城根本無法平息他們的怒火，他們說不定會向整個人類世界報復，請你們無論如何幫幫忙，掩護我逃出萬神之砧，向外界求援！」

誰都沒有說話，一時間倉庫裏一片寂靜，布布路他們雖然知道必須阻止事態進一步擴大，但歸根結底，侏儒們才是受害者，是沙魯人的貪婪釀成今天的惡果，他們應該幫助利瑟爾領主嗎？

「沙魯非法奴役侏儒的行為肯定會受到制裁，但在這之前，必須先抓住尼尼克拉爾，別忘了我們的任務，蘿蔔們。」多可薩好像看出四個預備生心中的猶豫，慢條斯理地開口道，「在這種情況下，作為一名怪物大師，必須用理智的態度思考全域。處於弱勢的一方並不一定是無辜的，並且，不管出於任何理由，戰爭永遠是殘酷和非正義的，懂了嗎？」

多可薩的這番話讓布布路他們頓時對他刮目相看，幾乎異口同聲地回答：「懂了。」

利瑟爾領主也點頭如搗蒜，點頭哈腰地說：「我很感激你們願意幫助沙魯，也深深為這些年沙魯的所作所為感到羞愧，為表達合作的誠意，我這就為你們提供成色更佳的武器！」

說完，他蹲下身，用手指在地面上叩擊出一段複雜的節奏。

咔嚓嚓，咔嚓嚓……

偌大的倉庫內，所有的牆壁瞬間錯動起來，十來個機關暗格緩緩露出。

　　暗格打開後，倉庫內的空氣彷彿流動起來，那些原本擺在架子上的兵器都開始嗡鳴震動起來……

　　看清暗格中存放的東西，大家不禁倒吸一口涼氣 ——那都是在藍星各大兵器排行榜位居前列的極品兵器！

# 預備生情緒控制測驗

**Q04** 當你得知沙魯是通過壓榨和奴役侏儒族來製造武器的,你會因為同情侏儒族而放棄幫助沙魯嗎?

A. 不會。　　　B. 可能會。　　　C. 會。

■即時話題■

**布布路:**這些工具好迷你啊。(咔吧——)

**賽琳娜:**布布路,快住手,別再碰其他東西了!你用的力氣太大,這些小錘子、小刻刀經不起你的摧殘!(咔吧——)

**帝奇:**……(默默盯着看)

**布布路:**噢噢噢,大姐頭,你也捏壞了一塊打磨石!

**餃子:**去去去,這是女中豪傑的表現,和你的蠻力不是一個性質!

**賽琳娜(三根黑線):**就算餃子你這麼說,我也一點都不開心!

完成這個測試後,你可以鑒定自己作為一個怪物大師預備生在情緒控制方面達到了甚麼程度。
測試結果就在第十二部的210,211頁,不要錯過哦!

尊敬的讀者:現在你跟隨布布路一起踏上了成為怪物大師的道路!向所有的困難發起挑戰吧!

這是成為怪物大師的必經之路!!!

MONSTER MASTER
*LOVE & DREAMS*

新世界冒險奇談

第九站 STEP.09

# 出人意料的內奸
## MONSTER MASTER 12

## 極品兵器

　　利瑟爾領主將珍藏的極品兵器展現在布布路他們面前，獻寶道：「這些經過精雕細琢的極品兵器每一件都蘊藏着無法想像的力量，以一當十只是它們最基本的能力，如果配合使用者嫻熟的技巧，它們甚至能發揮出以一當百的力量！使人與武器合二為一，將兩者的力量和潛能挖掘到極致，這就是極品兵器的魅力所在。為表示沙魯的悔意和誠意，你們可以隨意挑選這些極品兵器……」

「好厲害！」布布路大開眼界，迫不及待地說，「真想親手試試極品兵器的威力！」

「啊呵呵，沒那麼簡單，」多可薩在一旁心不在焉地打着哈欠，「有靈性的東西可不會輕易被人操控……」

「甚麼意思？」布布路困惑地問。

「是這樣的……」利瑟爾領主尷尬地解釋道，「極品兵器之所以被稱為『極品』，除了每一件都是獨一無二之外，還有更重要一點——那就是它們被製造者賦予了與眾不同的靈性，正是因為這種靈性，它們才能無止境地發掘潛在的力量。也因為這種靈性，所以……只有得到認可的人，才能成為它們的主人。」

「是的，不僅是人挑選武器，武器也會挑選主人。只有在正義的人手中，極品兵器才能發揮出真正的威力，」艾姆隊長意味深長地對布布路說，「這和光明神之劍是一樣的道理。」

「嗯？」經艾姆隊長提醒，布布路下意識地伸手從棺材裏掏出黑乎乎的撥火棍，撥火棍一碰到布布路的手，立即轟的一聲變成光芒閃閃的光明神之劍。

「我的天哪，光明神之劍！」利瑟爾領主發出一聲驚叫，雙眼暴突地看着在布布路手中大放異彩的神劍，「這……這是我國一直想要納入收藏的神兵啊！」

「領主大人，這位少年就是光明神之劍的主人，剛才在武器展示街上……」艾姆隊長忙將自己的所見所聞告訴利瑟爾領主。

「太好了，沙魯有救了！」利瑟爾領主激動得緊緊抓住布布路的手，「實在抱歉，之前是我有眼不識泰山，既然你有神兵加

持，那就根本不需要這些極品兵器了。拜託你，無論如何救救沙魯！」

「咳咳，領主大人，布布路是不需要貴國的極品兵器，但我們幾個還是很需要的。」餃子忙插話道，「雖然我們會盡量避免戰爭，通過和平談判的方式解決和侏儒族之間的矛盾，但要突破萬神之砧，重返地面，這一路上我們免不了要自衛，您有沒有甚麼能讓極品兵器選中我們的技巧呢？……」

利瑟爾領主愛莫能助地搖搖頭。

「我的家族倒是流傳着一個挑選兵器的方法，」多可薩突然出聲了，「你們站在倉庫的中央，閉上眼睛，不要讓視覺混淆你們的判斷力，用心去感受，聽從內心的指引，朝着最吸引你們的方向走，第一件碰到的兵器，就是和你們最有緣分的了……」

餃子三人哭笑不得，這方法分明是瞎貓碰死耗子，多可薩不是開玩笑吧？

但眼前也沒有更好的辦法了，餃子三人只好閉上眼睛，在倉庫中摸索着尋找最適合自己的極品兵器，布布路滿懷期待地看着三個同伴……

片刻之後，賽琳娜最先睜開眼，看着手中的武器，她驚喜地叫起來：「這是『卡利女神的不朽聖環』，是煉金至寶，戴上之後不需要元素晶石就可以隨心所欲地操縱各種元素！」

緊接着，帝奇的手也碰到一副名為「流世虹影的先驅者」的手套，據說那手套就如同流動在世界上的彩虹，能夠根據主人的需要在戰鬥中千變萬化，如同給使用者複製出無數隻手，

最適合與暗器配合使用。

　　餃子最後一個碰到兵器，那是一根可柔可剛、韌性十足、可以無限伸縮的繩子，名為「屠魔者的穹風鞭繩」，它能恰如其分地提升古武術的延展性。餃子竊喜地瞇着眼睛，心想，這可比自己的辮子好用多了，而且被敵人扯住也不會痛。

　　時間緊迫，大家趕緊商量使用極品兵器的簡單作戰計劃：布布路的光明神之劍是當仁不讓的戰鬥主力；賽琳娜的不朽聖環可以在戰鬥中利用元素輔助攻擊；帝奇的手套用來對敵人發動出其不意的突襲；餃子的穹風鞭繩則可自由變化成棍、錘、節棍、鞭、繩、網等，用來收拾漏網之魚……

　　然而，大家還沒商量完，身後的牆壁突然發出一陣刺耳的錯動聲，隱藏門赫然開啟了，數百名全副武裝的侏儒殺氣騰騰地魚貫而入！

## 意料之外的奸細

糟糕，侏儒們居然打開隱藏門，闖進皇家武器庫！

第一次見到這麼多侏儒，布布路好奇不已，只見所有的侏儒全都長着奇特的樣貌——寬寬的鼻樑，尖尖的耳朵，齊刷刷的五短身材，最高的才到布布路的胸口。

賽琳娜三人卻如臨大敵，因為這些侏儒全都武裝到牙齒，他們從頭到腳都包裹着特製的護甲，從戰靴到手中的兵器，每一個零件全都精妙絕倫，每一個細節無不暗藏玄機，所有武器全都虎視眈眈地對準布布路一行人。

多可薩事不關己地望着洞開的隱藏門，思緒彷彿飛入九霄雲外。

「各位，不要開火！請聽我說……」餃子硬着頭皮站出來，大喊道，「我們已經知道

沙魯人奴役你們的事實，利瑟爾領主也表示懺悔了，並承諾會對你們做出補償，相信怪物大師管理協會一定會對此做出公正的裁決，希望我們能用和平的方式化解矛盾⋯⋯」

話音未落，就聽轟的一聲，一枚火炮貼着餃子的臉頰飛過。

侏儒們臉上的怨恨和怒火更重了，似乎只想用炮火和武器來宣泄內心的仇恨！

「炮手，開火！」一個手握長劍、看起來像是頭領模樣的侏儒發出一聲厲喝。

轟轟轟⋯⋯站在最前排的侏儒炮手齊齊開炮，密集的火炮裹挾着灼熱的氣流，朝着布布路他們迎面襲來——

「我們儘量突圍！不要傷到這些侏儒！」布布路一手持着光芒四射的光明神之劍，一手舉着棺材當護盾，一馬當先地擋在大家前面。

侏儒們果然十分畏光，凡是被光明神之劍的光芒掃到的侏儒炮手，全都失魂落魄地丟下炮筒，紛紛亮出掛在護甲後的永夜石盾牌。

　　「布魯！」四不像緊隨其後，以令人咋舌的速度上躥下跳，隨手撿起武器庫裏多如牛毛的兵器，瞄準侏儒們手中的重型炮筒丟去，就像玩投擲遊戲一樣，當它順利堵住炮筒後就會樂得前仰後合，也不知道是不是在認真戰鬥。

　　賽琳娜召喚出水精靈，命令水精靈建立六面冰凌盾護住大家，並利用「卡利女神的不朽聖環」產生的風元素和自己的水元素製造出一場小型暴風雪，將燃燒的火炮彈全部凍結在半空中。

　　侏儒們顯然有備而來，見火炮進攻被化解，領頭的侏儒立即喊道：「突擊分隊，上！」

得到口令，炮手們整齊地退後，幾百名拿着鋒利長槍的侏儒勇猛地衝上來。

這些長槍既是近戰的白刃武器，對於中遠程目標也有強大的殺傷力，它們射出的鋼珠般大小的子彈一旦擊中目標，就會在目標體內高速旋轉，從內部瓦解敵人。

「吼！」巴巴里金獅抖動着威武的金色鬃毛，用一記獅王金剛掌拍飛最前面的一排侏儒。

帝奇高高站在巴巴里金獅的龐大身軀上，套在手上的「流世虹影的先驅者」化成兩枚迴旋鏢，一左一右地輪番旋轉，在璀璨的七彩光芒下，將那些如暴雨般狂急襲來的子彈統統化成粉末，流散在空氣中。

餃子也身輕如燕地獨自迎戰着十幾個侏儒，「屠魔者的穹風鞭繩」在他手中揮舞得有如行雲流水，一會兒堅硬如棍棒，一會兒柔韌如蒲草。藤條妖妖則甩着尾部的四根帶刺藤鞭，配合主人的行動，將侏儒們手中的武器紛紛打落在地。

在極品兵器的助力下，布布路四人實力大增，暴衝而來的侏儒們漸漸有些招架不住了。

「嗯，不錯。」多可薩悠閒地躲在六面冰凌盾之中，觀望着戰局。

在多可薩身邊，艾姆隊長保護着利瑟爾領主，也沒有加入戰鬥。

只要能突破侏儒們的圍攻，逃出萬神之砧，就能將沙魯地下的祕密傳達出去，並向怪物大師管理協會請求增援，四個預

備生越戰越勇……

「啊!」就在大家將注意力都放在和侏儒們的戰鬥中時,利瑟爾領主突然發出一聲悽厲的慘叫。

大家驚愕地回頭望去,只見利瑟爾領主雙目圓瞪,一股血流像一條蜿蜒而下的紅蛇一般,順着他的額頭緩緩爬下臉頰……

「你,你……」利瑟爾沒能說完一句完整的話,就一頭栽倒在地,昏死過去。

在他身後,赫然是高舉重錘的艾姆隊長!

怎麼回事?艾姆隊長偷襲了利瑟爾領主!突發的一幕令布布路他們大吃一驚。「不要再浪費時間了,把他們一舉拿下!」艾姆隊長的頭盔下冷冷地發出一個與之前截然不同的尖細聲音,隨後,他霍地從中間解開自己身上的護甲。

看清護甲下的真相,眾人的驚訝瞬間轉化為憤怒,護甲下分明是一個矮小的侏儒!

「尼尼克拉爾!」布布路馬上認出那張熟悉的嘴臉。

原來這一切都是尼尼克拉爾故技重施!艾姆隊長之所以看起來格外魁梧,是因為他根本是一個由侏儒在內部操縱的精密機關人,和尼尼克拉爾在奧古斯的騙術一模一樣!

新世界冒險奇談

第十站 STEP.10

# 侏儒族的勝算
## MONSTER MASTER 12

### 致命的弱點

一直跟隨在大家身邊、忠心耿耿保護領主的艾姆隊長竟然是尼尼克拉爾假扮的!

「你好啊,蠟筆國的王子,我們又見面了!」尼尼克拉爾陰陽怪氣地跟布布路「打招呼」。

「哦……」布布路尷尬地抓抓後腦勺,看不出尼尼克拉爾是真的仍相信自己是王子,還是在諷刺。

「既然沙魯的內奸是皇家警衛隊的隊長,那碎刃和永夜之石

的製造技術泄露就不意外了。」餃子托着下巴沉吟道,「如此看來,警衛隊『正巧』被隔絕在外,侏儒們堂而皇之地闖入皇家武器庫,應該也是『艾姆隊長』趁我們不注意的時候開啟的隱藏門嘍……」

「可是,你不是才越獄幾天嗎?怎麼會成為利瑟爾領主最信任的皇家警衛隊隊長?」賽琳娜露出了困惑的表情。

「哈哈!這要多虧利瑟爾這隻老狐狸利慾薰心,只要武力強的人就能在沙魯得到重用!」尼尼克拉爾得意地尖笑道,「正是利用這一點,早在我統治着奧古斯的時候,就讓艾姆躲在護甲中,喬裝成正常人混入沙魯警衛隊了。我統治奧古斯的十年裏,為侏儒族立下赫赫戰功,所以,藍星上所有被奴役的侏儒們都心甘情願地奉我為他們的統帥。唔,那就是真正的艾姆,是跟隨我多年的心腹,之前就是由他來操作這套護甲的。」

說着,尼尼克拉爾指了指剛才那個指揮作戰的領頭侏儒,繼續誇誇其談道:「說到這套護甲,它可比我當時在奧古斯那套好上不知道多少倍,完全看不出機械加工的痕跡,甚至可以通過蜂眼掃描!當然,更讓我沒想到的是,利瑟爾這個急功近利的傢伙竟然對招募來的高手毫不懷疑,還任命艾姆為隊長,哈哈哈!多虧艾姆做了那麼久的內應,事情比我想像中進展得更順利!」

尼尼克拉爾張狂地揮揮手,艾姆立即舉起手中的長劍,大聲喝令:「卸龍甲炮,出擊!」

許多肩扛黑色粗短炮筒的侏儒們排成一條直線,整齊地站

出來，黑洞洞的炮筒對準布布路他們轟轟響起。

「哇呀呀！」布布路他們下意識地想躲，但奇怪的是，炮筒內並未射出任何炮彈，只有滾滾湧來的炙熱氣流，將他們掀翻在地。

這……這是甚麼新型武器？餃子灰頭土臉地從地上爬起來，發現自己身上一點兒傷口都沒有，賽琳娜滿頭大汗，那麼強的衝擊力竟然沒有傷到大家一根頭髮，真是太奇怪了！

「糟糕！」帝奇最先反應過來，臉色鐵青地說，「極品兵器失效了！」

三人手中的極品兵器全都光華盡褪，而倉庫中的其他兵器則幾乎變成一堆破銅爛鐵，只有布布路手中的光明神之劍依然綻放着璀璨耀眼的光芒。

「這是怎麼回事？」布布路難以置信地看着那些扛着黑色粗短炮筒的侏儒，他們射出的那種看不見的「炮彈」是甚麼東西？

「哈哈哈，侏儒們打造的卸龍甲炮終於派上用場了！」尼尼克拉爾狂妄地大笑，「沙魯人不過是一羣無恥的竊賊、騙子，藍星的武器歷史根本是由侏儒族開創和書寫的！哈哈，那些被貪婪蒙蔽雙眼的沙魯人一定萬萬想不到，所有出自侏儒之手的兵器，全都在製造的時候就被埋下致命的自毀裝置！只要發動卸龍甲炮，它們就會會化作一堆廢銅爛鐵！」

「原來被奴役的侏儒們還留了這麼一手。」餃子倒吸一口涼氣，心驚不已地盤算起來，「沙魯的武器全部出自侏儒之手，而藍星上百分之八十的武器出自沙魯……如此看來，只要卸龍甲

炮足夠多，別說這座皇家武器倉庫，藍星上大部分國家都將面臨着不戰而敗的災難……」

「哇噢！」布布路感歎着握緊手中的光明神之劍，「幸好神兵不是侏儒族打造的。」

「你們明白了吧？這就是侏儒族的最大勝算！」尼尼克拉爾面目猙獰地發洩着心中熊熊燃燒的仇恨之火，「沙魯人囚禁侏儒族來為他們製造武器，根本就是在自掘墳墓！我要讓沙魯人自食惡果，以數倍的代價償還他們對侏儒族犯下的惡行！從今天開始，侏儒族被人類奴役的屈辱歷史將徹底結束！」說到這裏，尼尼克拉爾高舉雙臂，聲嘶力竭地尖叫道，「同胞們！報仇雪恨的時候到了！讓我們踏平萬神之砧，摧毀沙魯這座罪孽深重的城池，奪回侏儒族的尊嚴和榮耀！」

在尼尼克拉爾的鼓動下，侏儒們士氣大作，一雙雙眼睛全都泛着濃濃的血紅色。

## 精英的實力

在卸龍甲炮的襲擊下，極品兵器被瓦解，布布路他們被以艾姆為首的幾百名殺氣騰騰的侏儒包圍了。

「等等！尼尼克拉爾，你聽我說！」餃子心急火燎地疾呼，「我們應該想一個和平的方式解決這場紛爭！」

「是啊，沙魯人靠奴役侏儒族來牟取暴利是錯誤的，但侏儒族以血還血的復仇則是錯上加錯，這只會讓人類和侏儒族之間

的仇恨之火永無止境地延續，讓子孫後代都不得安寧！」賽琳娜苦口婆心地勸道。

「被仇恨蒙蔽雙眼，和被貪婪蒙蔽雙眼一樣愚蠢！」帝奇恨恨地說。

「是啊，我爺爺說過，想要讓一個人生不如死，最簡單的辦法就是讓他心中充滿仇恨……」布布路義正辭嚴地大喊。

「閉嘴！」尼尼克拉爾暴躁地喝道，「侏儒族被沙魯人奴役了好幾百年，這份仇恨絕不是三言兩語就能解決的，唯一的終結方式就是將沙魯從藍星上永遠抹除！」

仇恨之火將侏儒們燒得瘋狂至極，他們完全聽不進任何勸告，也不接受談判，只想用武力向人類發起復仇之戰。

「在踏平沙魯之前，我得先解決你們幾個！」尼尼克拉爾指着布布路他們，歇斯底里地咆哮道，「把這幾個礙事的傢伙拿下！」

「吼吼！」幾百名全副武裝的侏儒齊聲怒吼，向着布布路他們發起猛烈的進攻，密集的火炮像一面牆一樣壓過來。

「水精靈，冰凌盾！」賽琳娜急聲向水精靈下令，並示意其他人趕緊躲到水盾牆後。

六面冰凌盾剛剛化解火炮攻擊，過一秒，上百名手持短刃和永夜石盾牌的侏儒突擊隊又殺將上來。

面對在數量上和武器上佔據絕對優勢的侏儒們，失去極品兵器的布布路四人陣腳大亂，他們既不能傷害侏儒們，又得保

護毫無知覺的利瑟爾領主，狼狼地節節敗退，情況十分危急！

「啊呵呵！」困境之中，一直消極應戰的多可薩終於伸開雙臂，無比舒適地打了個哈欠，大步走上前，鎮定自若地說，「蘿蔔們的練手時間結束了，你們退後去保護利瑟爾領主吧，接下來的事交給我處理。」

說完，他像散步一樣大搖大擺地走向炮火最為密集的武器庫中央。

轟轟轟！

侏儒炮手們向多可薩發出有如狂風暴雨般的炮彈，多可薩就像變魔術一樣擺着手，隨着他手起手落，那些炮彈全都像中邪似的，一顆顆綿軟無力地掉在地上。

只有眼力驚人的布布路能看清多可薩的動作，他好像完全掌握了成百上千顆炮彈的飛行軌跡，他手指一彈，看起來就像彈飛蟲一樣隨意彈開一顆炮彈，改變飛行軌跡的炮彈立刻撞向另外一顆，緊接着，兩顆炮彈相繼又撞上了其他兩顆……就這樣，連鎖反應呈幾何倍數蔓延，所有炮彈的既定軌道都偏離了，紛紛擦着多可薩飛過。

而這一串連鎖反應發生的時間不足十分之一秒，這種對於力量和速度的精準控制，如果不是親眼見到，簡直讓人無法相信！

「多可薩好強！」布布路他們激動不已，多可薩終於展現出一名怪物大師精英應有的實力了！

## 糟糕！落入陷阱

賽琳娜和餃子分別讓怪物展開水牆和藤網，擋下彈射過來的流彈。布布路則用金盾棺材作為盾牌保護着還在昏迷的利瑟爾領主。

在大家前方，多可薩踏着穩健的步伐穿過槍林彈雨，朝着尼尼克拉爾走去，語氣嚴厲地說：「尼尼克拉爾，你的復仇計劃註定是要失敗的，快讓你的手下收手，不要一意孤行！」

「沒有人能阻止侏儒族的復仇！」看着逼近的多可薩，尼尼克拉爾眼中滑過一絲懼意，連連向武器庫的隱藏門退去，口中卻挑釁地叫囂，「就憑你區區一個怪物大師，休想礙事！」

眼看尼尼克拉爾就要順着隱藏門遁走，多可薩加快了腳步。

不過幾秒鐘的工夫，多可薩的手指已經距離尼尼克拉爾僅剩一步之遙，就在布布路他們以為勝券在握的時候，突然間，以多可薩為圓心，隱藏門附近的地面全都變成黑色！

那一圈黑色的地面有如爛泥般不安地顫動着，腳下失去承載力，多可薩的身體猝不及防地一歪，陷入詭異的黑色泥污中。

一切發生得太快了，眨眼的工夫，多可薩就被黑色泥污吞噬殆盡，隨後，那圈黑色迅速消失，地面恢復原狀。

「那黑色泥污是甚麼東西？」眼睜睜看着多可薩被離奇地吞噬，布布路他們方寸大亂。

「嘖嘖，怪物大師的精英也不過如此！」尼尼克拉爾雙手不斷拍着大腿放肆狂笑，揚揚自得地顯擺道，「實話告訴你們，我

早就知道你們在利瑟爾領主身上裝了蜂眼，這一切都是將計就計，配合你們愚蠢的『誘餌計劃』！雖然險些讓利瑟爾這隻狡猾的老狐狸逃脫，但現在一切仍在我的掌握之中！」

「我們被這個陰險的侏儒反將一軍！」餃子氣得牙癢癢，「他根本是故意引誘我們進入萬神之砧，要把我們一網打盡！」

「哈哈哈！你猜對了！你們幾個在奧古斯就壞了我的事，害得我在鋦魔城裏被關了大半年，吃盡苦頭！這次我絕對不容許你們再搗亂，最終的勝利者只能是我，也註定是我！」尼尼克拉爾毫不掩飾奸計得逞之後的狂喜，對侏儒們發號施令道，「把這幾個礙事的小鬼抓起來，記住，要留活口，因為我還打算好好教訓教訓他們！尤其是那個膽敢冒充王子的棺材小子！」

餃子用力咽了口唾沫，睚眥必報是侏儒族的天性，尼尼克拉爾肯定不會放過他們，尤其是在奧古斯對他揮出拳頭的布布

路……

「原來你早就知道我不是王子啦!」大禍臨頭,布布路反倒如釋重負地長歎一口氣,「太好了,我現在感覺輕鬆多了。」

帝奇不動聲色地看着從四面八方虎視眈眈靠近過來的侏儒們,擺出迎戰的姿勢。「噢!怎麼回事?」賽琳娜一直擔心地護着利瑟爾領主,突然覺得自己好像變矮了,低頭一看,不禁大吃一驚,他們的腳都不見了!

不!不是腳不見了,而是整個身體像是站在一台隱形的升降機上,正緩緩地向地下沉去。這和剛才多可薩被吞噬的情況截然不同,因為地面沒有絲毫變化,身體也沒有任何不舒服的感覺。

「哇哇!」布布路急得大叫,可不論怎麼掙扎,都無法停止下沉……

　　當整個人全都沉入地下後，大伙兒更驚訝了，他們的眼睛依然能清楚地看到頭頂上蜂擁而來的憤怒侏儒，耳中卻聽不到他們的怒吼聲了⋯⋯

　　緊接着，就聽撲通、撲通、撲通、撲通、撲通五聲，布布路四人和利瑟爾領主全都失重地跌落在地，所幸的是並不高，大家毫髮無傷，只有昏迷的利瑟爾領主一動不動地趴在地上。

　　「這是甚麼地方？」布布路高舉着手中的光明神之劍充當照明。

　　賽琳娜不可思議地嘀咕：「這好像是座地下洞穴⋯⋯」

　　「奇怪了，」餃子納悶地叩擊地面，居然是硬邦邦的巖石，「沙魯的地下不是無底沼澤嗎？」

　　「噓，大家聽！」帝奇突然做出噤聲的手勢。

　　大家忙安靜下來，一個熟悉的聲音由遠及近地傳入大家耳中──

　　「布布路！賽琳娜！餃子！帝奇！」

　　當看清那個人的樣子後，大家眼中都浮現一絲狐疑，來人竟是之前在沙魯皇宮把大家弄得哭笑不得的美少年！

# 預備生情緒控制測驗

## Q05

沙魯領主願意饋贈你一件極品兵器，同時你得知極品兵器只有在正確的人手中才能發揮出真正的威力，你會接受這件兵器嗎？

A. 不會。　　B. 可能會。　　C. 會。

### ■即時話題■

餃子：沒想到多可薩那個超級不靠譜的兵器挑選方法，施行起來還挺有效果的，那條「屠魔者的穹風鞭繩」，我用起來挺順手的，可惜這麼快就廢了。

賽琳娜：我聽說十三姬家的兵器收藏庫裏不乏厲害的鞭繩，或許你可以嘗試着問她要一條！

餃子：真的嗎？她家還有兵器收藏庫哦！不過也對，比起桑瑪利達家族那如黑洞般不可知的家產，一個兵器收藏庫算甚麼！布布路，趕緊用卡卜林毛球聯繫公主殿下，記得，說話要溫柔點，嘿嘿。

布布路：餃子……你的笑聲為甚麼聽起來怪怪的啊？

完成這個測試後，你可以鑒定自己作為一個怪物大師預備生在情緒控制方面達到了甚麼程度。

測試結果就在第十二部的 210，211 頁，不要錯過哦！

·尊敬的讀者：現在你跟隨布布路一起踏上了成為怪物大師的道路！向所有的困難發起挑戰吧！

MONSTER MASTER

這是成為怪物大師的必經之路！！！

來自地底的至尊魔器

MONSTER MASTER 12

**新世界冒險奇談**

第十一站 STEP.11

# 故人重逢
## MONSTER MASTER 12

### 隱匿的地穴樹

「你們沒受傷吧?」美少年上上下下打量着布布路他們,笑呵呵地說,「不錯,看來我出手還算及時。」

「是你把我們弄到這個地方來的?」賽琳娜困惑地看着美少年。

美少年忙點點頭。

「可你為甚麼要救我們呢?」餃子瞇着眼睛,一臉懷疑地看着美少年,心想:你不會也是尼尼克拉爾的臥底吧?

「不救你們，靠我一個人可沒法完成任務，我還指望領取到這次任務的三成賞金呢。」美少年理所當然地回答。

「三成賞金？」布布路恍然大悟道，「難道你就是多可薩提到的那個先行的怪物大師？」

「是啊，」美少年點頭如搗蒜，「多可薩事先沒告訴你們？」

「沒有。」餃子誠實地回答，心裏鬱悶地想：多可薩沒告訴我們的事可多了，因為我們只是蘿蔔嘛……

帝奇則狐疑地審視着美少年，看起來對他的新身份還不太相信。

「哦……」這時，一聲輕微的呻吟傳來，利瑟爾領主終於從昏迷中醒來了。

尼尼克拉爾在利瑟爾領主腦袋上捶的那一記雖然很重，但幸運的是並沒有傷及他的性命，恢復神志的利瑟爾領主佝僂着坐在地上，整個人像是老了十幾歲。

在賽琳娜幫利瑟爾領主包紮傷口的時候，布布路三人向美少年簡單描述了剛剛發生的一切，當提到多可薩掉進泥污時，美少年的兩條眉毛擰在一起。

「這下可麻煩了，」美少年一臉苦惱地說，「我也剛到這裏沒多久，只來得及把你們幾個弄下來，並沒有看到多可薩啊！」

「甚麼！多可薩不是被你拖下來的？」布布路詫異不已。

「當然不是，如果他在多可薩即將要抓住尼尼克拉爾的時候把他弄下來，那也真是太會『幫忙』了。」帝奇冷冷地說。

餃子則好奇地問：「這裏到底是甚麼地方啊？」

「這裏是沙魯城的地下洞穴。」美少年回道。

「你胡說！」利瑟爾領主不顧頭上的傷口，大聲衝美少年嚷道，「沙魯城建立在無底沼澤上，怎麼會有地下洞穴？」

「這就是沙魯人盲目自大的後果，你們以為將城池建在沼澤上就萬無一失了，沒想到侏儒們更勝一籌。」面對利瑟爾領主的叫嚷，美少年臉上掛着得體的笑容，口中卻言辭犀利地說，「侏儒們不知從哪裏得到一種土元素的怪物 —— 地穴樹，地穴樹可以在極短的時間內迅速膨脹，又因為其外表可以融入一切土元素中，所以沙魯人完全沒發現作為城池掩體的無底深淵沼澤下早已被地穴樹填滿了。」

「你是說，沙魯四周汪洋般的無底沼澤全都被侏儒控制了？」賽琳娜心驚地問。

「是的，因為地穴樹的身體全都是由泥土和巖石構成的，內部中空且錯綜複雜，如同一個巨大的迷宮，所以侏儒們便利用地穴樹的身體，將沼澤變成他們活動的大本營。」美少年繼續說，「沙魯的地下全都被地穴樹覆蓋了，除了材質堅固的皇家武器庫之外，萬神之砧的其他地方全部淪為地穴樹通往沙魯地面的中轉站，剛才多可薩被黑色泥污吞噬，應該是侏儒們利用地穴樹的特性搗的鬼。」

「沒錯，當時尼尼克拉爾的確是故意把多可薩引到武器庫的隱藏門口的。」餃子醒悟道。

「當然，也是利用這一點，我才能把你們救下來。總之，這裏並不安全，甚至可能比上面更危險，在侏儒們找來之前，我們必須想想應對的辦法。」美少年嚴肅地說。

說話間，一個黑魆魆的矮小身影悄無聲息地朝他們接近過來……

## 無須認證的怪物大師

糟糕，侏儒這麼快就追上來了！

「你再靠近一步，我就不客氣了！」帝奇手中寒光一現，一枚五星飛鏢冷冷地瞄準靠近過來的矮小身影。

布布路他們也擺出備戰姿勢。

「別激動，是自己人！」緊張的氣氛之下，美少年忙站出來，擺出一個「隆重歡迎」的手勢，美滋滋地介紹道，「這是我的怪物——小泰坦！」

布布路好奇地眨巴着眼睛，那個默默走到美少年身邊的矮小身影果然不是侏儒，而是一隻造型奇特的怪物。

怪物通體都是由堅硬的石塊堆積而成，目光堅毅地盯着眾人，粗壯的石塊雙臂一展開，僵硬地向大家彎腰行禮示好。

「你好……」布布路他們尷尬地回禮。

「嘿嘿，剛才救你們的就是小泰坦的技能！」一說到自己的怪物，美少年立刻眉飛色舞起來，「它的土隱之術可以讓人融入一切由土元素構成的物質之中，並且在其中自由來去。你們之前能順利穿過沼澤，也是因為我把它留在沼澤裏專門接應你們到達沙魯的，怎麼樣，我對你們不錯吧？」

「小泰坦？」賽琳娜納悶地說，「我在怪物圖鑒中怎麼沒見過這種怪物？」

「布魯布魯！」四不像從棺材裏跳出來，指着小泰坦狂笑，彷彿在嘲笑它明明是個小不點兒，竟敢叫「泰坦」。

想到之前在奧古斯見過的龐大的泰坦巨人，大家全都忍俊不禁。

　　布布路強忍着笑，問道：「你這隻怪物的名字好耳熟哦，我們之前在魔都奧古斯認識一隻名叫泰坦巨人的 S 級怪物，你的怪物是泰坦巨人的親戚嗎？」

　　「親戚？哈哈，布布路，你還是那麼有趣。」美少年被布布路奇怪的用詞逗笑了，「不過，我的怪物和泰坦巨人確實有關，它其實是泰坦巨人的分身，現在跟隨我一起四處冒險。」

　　泰坦巨人的分身……一起冒險？布布路他們越聽越糊塗，而且大家看着美少年的眉眼和五官，心中漸漸湧出一種似曾相識的彆扭感覺，就好像在哪裏見過似的。

帝奇按捺不住，一把扯過美少年的手，猛地撩起他的衣袖。

美少年忙心領神會閉上雙眼，屏住呼吸，隨着美少年心跳的加快，一個奧古斯皇族的雙頭鷹標記緩緩浮現在他白皙而纖細的手臂上！

「你是圖蘇王子！」布布路的嘴巴張得能吞下一顆雞蛋。

「胖……胖子！」餃子差點咬到自己的舌頭，「你瘦了好多啊！」

「你變帥了！」賽琳娜的臉頰紅得像兩隻熟透的蘋果，雙眼冒出一顆顆粉紅色小桃心，現在的圖蘇從外表到內在都完全符合大姐頭心目中王子的樣子了！

「布魯！」就連四不像也瞪着銅鈴大的眼睛，一副難以置信的樣子。

「這麼重要的事你不早說？」帝奇衝他翻白眼。

圖蘇鬱悶地嘟囔道：「我以為你們早就認出我了，明明剛見面我就主動跟你們打招呼了，我還納悶你們怎麼對我這麼冷淡呢……」

布布路四人後腦勺上掛着瀑布般的冷汗，心中默契地想到：我們何止沒認出你是誰，我們還認為你是個光長美貌不長腦袋的白痴呢……

「這是怎麼回事？」賽琳娜羞答答地問，「你怎麼會瘦這麼多，還當上怪物大師了？」

「是這樣的，結束苦難的臥底生涯後，我隻身離開奧古斯，因為從小沒離開過家鄉，所以一路上有些水土不服，導致食慾不

振，所以就瘦下來了。不過我個人還是喜歡自己以前的樣子，因為看起來比較有福氣。」圖蘇王子的兩隻眼睛彎成漂亮的月牙形，笑瞇瞇地說，「另外，要成為一名怪物大師的方法很多，其中最常見的就是進入專門的培訓機構學習，還有一種就是繼承家族的頭銜和怪物，比如，帝奇的巴巴里金獅就是家族傳承下來的。我作為奧古斯的皇族繼承人，與泰坦之間有血統淵源，皇族的繼承人就等於是泰坦的新主人。所以，在我出生的時候，怪物大師管理協會就自動將我的名字記錄在《藍星怪物大師名冊》上了，無須認證的哦！」

## 失蹤的泰坦原石

「哇，好厲害。」聽了圖蘇的解釋，布布路在羨慕之餘，也忍不住納悶地看看帝奇，他明明跟圖蘇一樣，是無須認證的怪物大師，卻偏要跟大家一樣費勁從預備生當起，真是個怪小孩。

「哼，你們這些特權階級……」餃子難掩嫉妒地嘟囔着，在接收到賽琳娜維護圖蘇王子的「駭人眼刀」後，他立馬掉轉話題，「咳咳，目前看來，多可薩設計的『誘餌計劃』好像失敗了啊，從圖蘇先行抵達沙魯開始，我們的行蹤就全都被尼尼克拉爾掌握了……」

「這是個意外，因為我和多可薩都沒料到尼尼克拉爾就藏在領主身邊。」圖蘇尷尬地解釋，然後嚴肅地話題一轉，「不過，我來沙魯其實還有更重要的事情。」

甚麼事情？布布路四人好奇地看着圖蘇。

「調查泰坦原石！」圖蘇開門見山地回答道，「當年，尼尼克拉爾在統治魔都奧古斯期間，貪婪地採掘泰坦原石，但這些原石既沒有留在奧古斯，也沒有被尼尼克拉爾銷售出去。所以這大半年來，我一直在暗中排查那些原石的下落，直到最近才發現，所有泰坦原石都被偷偷運送到沙魯。所以，三天前我偷偷潛入沙魯，打算展開進一步調查，沒承想我還沒行動就聽說錮魔城集體越獄的新聞。」

「集體越獄、尼尼克拉爾、泰坦原石、沙魯、武器……」將這些詞全都串在一起聯想，餃子心中一陣七上八下，「莫非尼尼克拉爾還有更大的陰謀？另外，錮魔城那些窮兇極惡的越獄犯後來一直沒有露面，想到這個，我很不安啊……」

「我也有這樣不祥的預感，怪物大師管理協會通過卡卜林毛球聯繫到我，希望我參與抓捕尼尼克拉爾的 A 級任務……這更印證我的不安，尼尼克拉爾一定還隱藏着更加險惡的目的！」圖蘇斬釘截鐵地說。

「先不提他的險惡用心，單是那麼大批量的泰坦原石被運進沙魯，應該很難掩人耳目吧？」帝奇意有所指地冷眼瞥向利瑟爾領主，「難道是沙魯向尼尼克拉爾公然購買泰坦原石製造武器？」

「這……」利瑟爾領主滿頭大汗，支支吾吾地逃避問題。

「別問了，即使有，他也不會承認的。」圖蘇懶得在利瑟爾領主身上耗時間，「我之前在小泰坦的協助下溜進沙魯皇宮的

資料室查看過，沙魯近些年的原料列表中並沒有泰坦原石的記錄。」

布布路糊塗了：「那麼，那些泰坦原石到底去哪兒了？」

「在沙魯的地下！」圖蘇十分肯定地回答，「小泰坦能感應到沙魯的地下有數量巨大的泰坦原石，不過地穴樹的規模實在太大了，而且到處佈滿侏儒族的眼線，所以我和小泰坦還沒有查明泰坦原石的具體下落，以及尼尼克拉爾到底想要利用泰坦原石做甚麼勾當。」

「反正，尼尼克拉爾那傢伙肯定不會做出甚麼好事來。」帝奇冷冷地說。

「是啊，他之前已經說了，要將沙魯從藍星上抹除……」賽琳娜膽戰心驚地說。

「當務之急是先把可多薩救出來。」圖蘇冷靜地提醒大家。可是，地穴樹這麼大，在這裏面找人就像大海撈針，要怎麼做才能既不打草驚蛇，又能探明可多薩的現狀和位置呢？

來自地底的至尊魔器

MONSTER MASTER 12

**新世界冒險奇談**

第十二站 STEP.12

# 鮮血鑴刻的仇恨之書

## MONSTER MASTER 12

### 神奇的煉金卷軸

　　就在布布路他們一籌莫展的時候，圖蘇突然一拍頭：「差點忘了，我剛才在地穴樹裏撿到一個好東西，應該能派上用場。」說着，他從隨身的口袋中掏出一個黑色的卷軸。

　　圖蘇拉開卷軸，一股氣霧立即從卷軸筒中湧出，四下散開。

　　「這樣不會引起侏儒們的注意嗎？」賽琳娜擔心地問。

　　「放心，我仔細閱讀過使用手冊，擴散的氣霧會混淆在空氣中，無色無味，不會被察覺，而且它們的飄散速度非常快，幾分

鐘就能充滿整個地穴，到時候，地穴中所有的生命體都會沾上這種氣霧，然後我們就可以……」

圖蘇一邊說，一邊將卷軸攤開，只見泛黃的紙面上漸漸浮現出一幅縱橫交錯的立體地圖。

「好神奇！」布布路由衷地讚歎道，整座地穴樹內部相連的通道全部展現在卷軸上了！

「大家注意看，地穴樹中所有的生命體都會在這幅煉金地圖上呈現和自己身形一致的縮小標記。」圖蘇提醒道。

「看，多可薩在這裏！」布布路急忙指向地圖上的某處，那裏赫然有一個和多可薩的外形十分相似的小紅點。

只不過紅點的周圍還圍着一羣十分矮小的紅點，顯然是一羣侏儒，多可薩果真是被侏儒們抓住了。

突然間，紅點閃了一下，消失了！

「糟糕！」圖蘇臉色大變，「只有被追蹤目標離開搜尋範圍或死亡的情況下，標記才會消失！」

「侏儒對多可薩下手了嗎？」賽琳娜的心跳到了嗓子眼。

「不，」圖蘇深吸一口氣，儘量讓自己平靜下來，指着卷軸地圖最下方的一片空白區域，「大家看，地穴樹似乎到這裏就結束了，其實不然，根據無底沼澤的大小來推斷，這裏應該是一片無法探測的盲區，有可能是空間的隔斷使氣霧無法進入造成的，也有可能是這片區域被設計成反探測格局。」

「只有做賊心虛的人才會將祕密嚴加防範，」帝奇憑直覺說道，「說不定泰坦原石就藏在那兒！」

「不好！」賽琳娜突然緊張地指着立體地圖叫起來。

只見卷軸上，密密麻麻的矮人紅點正順着錯綜複雜的地穴通道朝布布路他們所在的位置靠近過來。

「侏儒可能發現我們了，不能在這個地方和他們正面衝突！」餃子謹慎地說，「我們最好避開他們！」

「根據地圖顯示，前方右邊岔路的方向紅點較少，」圖蘇指着地圖，「我們到那邊避避吧！」

地穴樹內部的地形十分複雜，到處都是九曲迴腸的通道和大大小小的洞穴，幸虧有卷軸作為指引，大家才不至於迷路。一行人一路繞來繞去，小心地計算着時間差，在通道間左躲右閃，險險地避過從四面八方追來的侏儒。

在倉促拐過一個急彎之後，大伙兒匆忙的腳步遲疑下來，

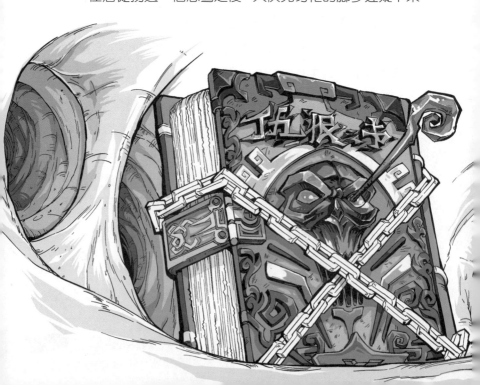

黑暗的通道前方，似乎有甚麼東西擋住了去路。

　　遠遠地，大家只能看到那是一個黑黢黢、方方正正的巨大物體，表面隱隱散發出不可思議的鬼魅光澤⋯⋯

　　是甚麼東西？大伙兒好奇地瞪大眼睛，小心翼翼地挪動着步子往前湊。

　　「天哪，是一張臉！」賽琳娜驚呼，那東西上浮着一張巨大而猙獰的臉，那張臉足有普通人臉的十倍大，表情看起來兇狠而憤怒。

　　「啊，怪物！」賽琳娜和餃子失聲尖叫，拔腿後退。

　　「布魯布魯！」四不像張牙舞爪地朝着那東西亂叫喚。

　　帝奇攔住二人，鎮定地說：「你們看清楚再跑！」

　　「咦，這張臉怎麼一動不動？」布布路湊得幾乎快要貼到那

張巨臉上了，大聲道，「哇啊，這是一本巨大的書！」

餃子和賽琳娜紅着臉上前仔細一看，果然，那張恐怖的巨臉其實是鑲嵌在一塊巨大硬板上的鏤空浮雕，而那張硬板，赫然是一本巨書的封面！

這本書不僅高達數米，連厚度也將近兩米，布布路好奇地伸手翻開沉重的書頁。

「嘶！」看清內頁的文字，大家齊齊打了個寒戰。

巨書上密密麻麻地寫滿奇怪的文字，令人不寒而慄的是這些文字全是由鮮血寫成的，儘管紙張泛黃，看起來年代久遠，但字跡依然稜角猙獰，泛着血腥的氣息。

「這是侏儒族的文字嗎？」賽琳娜駭然地低語道。

「是的，」圖蘇神情震撼地說，「侏儒族是一個十分記仇的種族。這一年來，為調查尼尼克拉爾和沙魯之間的陰謀，我自學侏儒族的文字，發現在侏儒族的許多歷史文獻中，都提到『仇恨之書』的存在，卻從來沒有明確這本書的下落，想不到它竟然在這兒……」

「仇恨之書？」單憑名字，餃子就感覺其中蘊藏着相當黑暗和殘酷的意義。

「那是用侏儒族的鮮血寫成的歷史文本，由一代代的侏儒們一筆筆詳盡地記錄着他們所受到的屈辱和不公待遇。」在布布路的幫助下，圖蘇小心地將書翻回封面，指着封面上四個磨損嚴重的大字，聲音微微發顫，「這四個字，正是 ── 仇恨之書！」

## 鮮血書寫的仇恨

天哪，侏儒族內心的仇恨是何等深重，居然寫下一本這麼巨大的書！

「書上都寫了甚麼？」看着那些像蝌蚪一樣的字，布布路好奇不已。

圖蘇慎重地翻閱起這本大書，但因為仇恨之書太過巨大和厚重，他只能簡明扼要摘選出比較重要的內容。

在圖蘇的翻譯之下，侏儒族千百年的苦痛歷史展現在大家眼前，這一切都要從上古時代的初期、人類誕生的時候開始──

藍星的生命誕生之初，巨人族憑藉強健的體格和無與倫比的扛鼎之力迅速稱霸藍星，其他種族都不得不屈居劣勢，艱難求活。

最悲慘的就是侏儒族，屢遭巨人族的瘋狂獵捕，為了生存，他們只能躲入幽深的地下，但巨人族哪怕掘地三尺也要找到侏儒族。

侏儒族苦不堪言，面臨被滅族的厄運，最後，走投無路的侏儒們決定向同樣遭受巨人族欺壓的人類求援。

人類和侏儒族的祖先迅速達成共識，結為同盟，向巨人族發起反抗……經歷漫長的戰鬥，付出無盡的犧牲後，兩個處於劣勢的種族奇跡般地打敗並消滅了巨人族。

　　這場以弱勝強的種族之戰無疑是藍星戰爭史上最輝煌的一頁，自從誕生之日起就飽受屈辱、傷痕累累的侏儒們內心充滿難言的喜悅，他們發誓要和自己的同盟——人類開創藍星新的歷史，但他們並不知道，更加慘痛的命運才剛剛開始……

　　侏儒們萬萬沒有想到，就在巨人族被消滅後不久，人類就背叛了他們，因為人類不願意和侏儒共用藍星上的資源，他們要獨霸藍星！野心勃勃的人類向侏儒族發起猛烈的進攻。

　　由於巨人族的獵殺和戰爭的消耗，侏儒族的人口十分稀少，所以，在數量上佔據絕對優勢的人類很快就將侏儒族全面擊潰。昔日最信賴的盟友變成可怕的惡魔，悲慘的侏儒們不得不再次躲入不見天日的地下洞穴。

　　人類成為藍星上當之無愧的主人，但內部也分裂成若干不同的派系，種族和派系為搶奪資源、瓜分巨人族的地盤而展開更為慘烈的戰爭。

　　連綿的戰火席捲整個藍星，人類對武器的需求日益增長，他們開始大肆捕獵侏儒，因為侏儒天生就是製造武器的能工巧匠。無數侏儒淪為人類的奴隸，被囚禁在惡劣的作坊裏，夜以繼日地從事苦力，為人類製造不計其數的神兵利器，服務於戰爭。

　　即便隨着文明的進步，人類開始將捕獵和奴役侏儒列為違法行為，以沙魯為首的武器製造大國依然在暗地裏殘忍地囚禁和壓榨侏儒族人，滿足自己貪婪的強國夢。

　　幾千年來，幾乎沒有人認識這些可憐的武器製造者，也極少有人知道那些流通在市面上的武器是在怎樣艱辛的環境中被

製造出來的。

　　毫不誇張地說，藍星上千百年來的戰爭史，就是一部侏儒族的苦難史，是用侏儒族的鮮血書寫成的「仇恨之書」！

　　布布路他們沉默了，他們都沒想到，歷史會是這樣，侏儒族漫長的屈辱和仇恨史，竟然是手中握有重權的少部分人類一手釀成的！

　　然而，讓大家震驚的事情還沒有結束，當圖蘇翻到仇恨之書的最後一頁時，他整個人像被定住一般不動了，雙目驚駭地瞪圓，連呼吸都不自覺地急促起來。

　　「你怎麼了？」賽琳娜察覺到圖蘇的異常，焦急地問，「有甚麼問題嗎？」

　　「那是侏儒族決心結束屈辱歷史的宣言……」在大家緊張的注視下，圖蘇緩緩地翻譯出仇恨之書最後幾行的內容，那是足以讓世人聞之色變的可怕宣言，「『等到那件了不起的武器完成之後，就再無人能夠阻止我們。侏儒族將結束苦難的命運，改寫藍星的歷史，用那個舉世震驚的「大傢伙」向人類發起毀滅性的終極復仇！』」

這是成為怪物大師的必經之路!!!

路!向所有的困難發起挑戰吧!

尊敬的讀者：現在你跟隨著布布路一起踏上了成為怪物大師的道

## 預備生情緒控制測驗

### Q 06

在你翻閱過侏儒族用鮮血書寫成的「仇恨之書」後，你會認同侏儒族對沙魯，乃至整個人類所抱有的仇恨之心嗎？

A. 不會。　　　B. 可能會。　　　C. 會。

### ■即時話題■

賽琳娜（臉紅紅）：胖子，不，圖蘇，問你個問題，你那個水土不服……到底是去哪裏才水土不服的啊？

圖蘇：地方有點多，你真要一個個聽地名？

賽琳娜：要啊。

圖蘇報地名中……

餃子：我知道，大姐頭是想借機和圖蘇多多交流，嗯，一定是這樣沒錯！

帝奇：我看她是因為最近胖了兩公斤，再胖下去連裙子都扣不上了，所以才沒事找事問圖蘇的吧！

布布路：噓！餃子，還有帝奇……你們沒看到大姐頭的眼神很可怕嗎？

完成這個測試後，你可以鑒定自己作為一個怪物大師預備生在情緒控制方面達到了甚麼程度。

測試結果就在第十二部的210，211頁，不要錯過哦！

### 新世界冒險奇談
#### 第十三站 STEP.13

# 來自地底的魔器
## MONSTER MASTER 12

## 圖紙的一角

　　大家都被仇恨之書最後一頁上的宣言震懾住了，難道侏儒族的最終目的並不僅僅是摧毀沙魯，而是要摧毀人類，稱霸藍星嗎？

　　賽琳娜的心臟怦怦狂跳，深吸一口氣說：「我們一定要阻止侏儒族的復仇計劃！」

　　「我們最好先搞清楚侏儒手中掌握着甚麼了不起的武器！」帝奇皺緊眉頭，面色嚴峻地推測道，「我懷疑，尼尼克拉爾運來

沙魯地下的大量泰坦原石，很有可能就是為打造書裏提到的那個『大傢伙』……」

眾所周知，泰坦原石的堅固程度為藍星之最，從奧古斯被尼尼克拉爾運出的泰坦原石數量驚人，絕對能夠打造出一個讓人不敢想像的「大傢伙」！

大家心中的不安加劇，餃子像想起甚麼似的從口袋裏掏出一個東西，伸到大家面前：「你們看這個。」

布布路瞪大眼睛，看見餃子的手心上攤着一張皺巴巴的小紙片：「這不是之前多可薩給利瑟爾領主看的那張小紙片嗎？」

「小紙片怎麼會跑到你手裏？」帝奇狐疑地看着餃子。

「哦，剛才多可薩被吸到地下時，這紙片飛出來了，當然也可能是他急中生智丟出來的，總之被我順手撿到啦！當時情況太亂，我來不及告訴你們。」餃子一本正經地解釋道。

大家忙把頭湊到一起，仔細查看紙片上的內容，可讓人大吃一驚的是，紙片上半個字也沒有，只是毫無規律地排布着許多句號般密密麻麻的小圓點。

「這是甚麼意思啊？」布布路看糊塗了。

「我曾在一本講述藍星密文的古書上見過這種符號，」賽琳娜努力地回想道，「這是上古時代的一種加密文字，用來記錄重要的絕密資訊，如今能破解它的人已經寥寥無幾……」

「我們這裏貌似有個能看懂這種文字的人。」餃子的狐狸眼閃着狡黠的光芒，他轉頭看向大家身後的利瑟爾領主，「之前這張小紙片曾讓領主大人大驚失色，那麼，想必紙片上的內容您

應該能看懂吧？事到如今，您沒必要再隱瞞了吧！」

自從得知仇恨之書裏的內容，利瑟爾領主就一直一言不發，垂頭喪氣地跟在大家身後。

「身為一國領主，一直以來我都以讓沙魯更為富強的使命為己任，卻從沒想過，沙魯人在享受侏儒帶來的財富時，也在親手給自己乃至給全人類挖掘墳墓……」在餃子的試探下，利瑟爾領主愧疚地慨歎着，哀求道，「我願意把我知道的一切都告訴你們，只求你們一定要阻止侏儒族的復仇計劃，救救沙魯！」

雖然布布路他們很反感這個唯利是圖的利瑟爾領主，但看到他這副慚愧而懺悔的模樣，大家又有些同情他了，賽琳娜說：

「我們會盡自己所能阻止這場戰爭的發生，請您把一切都告訴我們吧。」

得到保證，利瑟爾領主才吞了口口水，用沙啞的聲音沉沉地說：「這是一張武器加工圖紙的一角，根據這張圖紙，可以製造出一件無可匹敵的魔器 —— 達摩！」

達摩？布布路四人和圖蘇面面相覷，他們都沒聽說過這個被稱為「魔器」的東西。

「藍星上關於達摩的記錄微乎其微，我也是在一本被沙魯列為國家機密的武器殘卷中看到的。」利瑟爾領主的聲調不由自主地顫抖着。

「達摩是一件完全由泰坦原石打造而成的神級武器，威力強大得遠遠超出人類的認知極限，根本沒有人能完全駕馭它。因此，它甚至被禁止載入史冊。在達摩面前，藍星上所有的武器都將黯然失色！一旦達摩問世，人間就會淪為地獄，所以它又被稱為『來自地底的魔器』。」

## 事態嚴峻！兵分兩路

原來還有比神兵更強大的魔器 —— 達摩！所有人都倒抽了一口涼氣。圖蘇恍然頓悟道：「由此看來，尼尼克拉爾從奧古斯聚斂來的泰坦原石，必定是用於打造達摩了……」

「一旦達摩問世，人間將淪為地獄……」賽琳娜一臉驚懼地問利瑟爾領主，「關於達摩的驚人破壞力，有甚麼真實發生過的

案例嗎？」

「有，在那本武器殘卷中，我讀到一些駭人的歷史記錄……」利瑟爾領主臉色發白地說，「上古時代，人類和侏儒同盟之所以能夠消滅強大的巨人族，正是靠着達摩的強大力量！但關於由達摩發動的最後一場戰役卻從此成為兩個種族共同的禁忌。據說，親眼見證那場戰爭和達摩力量的人，有一部分當場就嚇得魂飛魄散，僥倖活下來的人也終生飽受恐怖噩夢的困擾，沒有人能完整地還原那場戰爭的原貌，只知道正是達摩徹底毀滅了巨人族！所以在那場戰爭後，人類和侏儒不約而同地將和達摩有關的記載全都銷毀了。從此之後，關於達摩的存在，只是在一些國家作為國家機密代代相傳……」

聽完利瑟爾領主的話，布布路他們都驚呆了，事態的嚴峻性遠遠超出大家的預計。一旦侏儒們製造出達摩，別說沙魯，毀掉琉方大陸乃至藍星都易如反掌，人類可能會像上古時代的巨人族一樣，徹底滅絕！

布布路着急地說：「我們必須阻止他們造成達摩！」

「那是當然，但達摩那種魔器絕不會在一般的地方鍛造，我們該去哪兒呢？」餃子愁得頭髮都快白了，「現在我總算明白為甚麼這次任務會被定為 A 級了……」

餃子的話還沒說完，就被賽琳娜打斷了，她指着卷軸上的立體地圖，大聲提醒道：「大家快看，侏儒們又有新動向了！」

就見地圖上原本分佈在地穴樹各個岔路中的侏儒紅點都開始改變方向，朝着同一個方向聚攏而去……那個地方正是之前

多可薩消失的盲區，也是整座地穴樹中最大的一處洞穴！

一個個侏儒小紅點在進入盲區後，全都像之前的多可薩一樣，閃爍着消失了。

「侏儒們大舉朝那片盲區聚集，就像是受到甚麼召喚似的……」餃子若有所思地沉吟着。

「也許達摩的製造地點就在那裏吧？」布布路握緊拳頭，「我們趕緊去探探吧！」

「別急，硬碰硬肯定不行！」圖蘇拉住布布路，嚴肅地說，「我建議大家兵分兩路：一路想辦法穿過萬神之砧，重返地面，把沙魯地下的危機通報給怪物大師管理協會；另一路潛入地穴樹的盲區，把多可薩救出來。他是一名十分優秀的怪物大師精英，而且還是這次 A 級任務的負責人，最好由他來主導接下來的行動。」

「圖蘇說得對，」賽琳娜點點頭，「這次任務的危險度太高了，一旦失敗，後果不堪設想。所以不能冒險，我們先把自己能做的事完成！」

三個男生也表示同意，餃子則勾住圖蘇的肩膀，「親切」地分工道：「胖子，不，圖蘇王子，你比較熟悉地穴樹，所以重返地面的任務就拜託你了，利瑟爾領主能調動沙魯士兵和向最近的鄰邦求援，所以，他最好跟你一組；我們四個負責營救多可薩，不過，為防止我們四根『蘿蔔』被狡猾的驢子吃掉，所以我想……」

「沒問題，卷軸歸你們。」圖蘇立即猜到餃子的心思，大方

地將卷軸塞到餃子懷裏，還出乎餃子意料地指指自己的怪物，「你們的任務要比我危險得多，為了能讓你們順利潛入盲區，我把小泰坦留下來協助你們！它不同於一般的怪物，它是泰坦巨人的分身，擁有自己的自主判斷力和戰鬥意識，能跟你們好好配合。」

「原來如此，小泰坦真厲害啊！難怪剛剛看到小泰坦時，似乎也是跟圖蘇分開行動的！」布布路眼睛裏閃出了小星星，跟四不像比，小泰坦真是太可靠了。

賽琳娜、餃子和帝奇也因圖蘇慷慨地將小泰坦留給他們而感動不已。要知道和人類簽訂契約後，怪物只能聽命於主人，通常情況下，主人和怪物絕不會分頭行動，更不會將怪物託付給別人，圖蘇對他們的信任可見一斑。

事不宜遲，大家不再多說甚麼，立即兵分兩路各自行動！

來自地底的至尊魔器
MONSTER MASTER 12

新世界冒險奇談
第十四站 STEP.14

# 盲區內的祕密
## MONSTER MASTER 12

### 暗取計劃

　　根據卷軸地圖顯示，地穴樹中的侏儒們正向那片盲區聚
集，各條通道中僅留下零星的侏儒把守。而地穴樹全部是由巖
石和泥土構成，在這裏，小泰坦的技能將得到極大發揮。當圖
蘇和利瑟爾領主的背影漸漸消失在黑暗的岔路盡頭後，小泰坦
對布布路他們施展出增強版的土隱之術——

　　在布布路四人眼中，通道的四壁頓時變得有如清澈的水波
一般通透，可以自由融入，並在其中上下左右地行走，既不會覺

得壓抑，也不會覺得窒息，連視線也沒有受到影響⋯⋯

「太神奇了！」布布路忍不住對小泰坦豎起大拇指。

就這樣，大家如入無人之境般避過一條條岔路中把守的侏儒，成功潛入盲區。

當看清盲區內的情形後，四人齊齊倒吸一口涼氣——

眼前赫然聳立着一座小山般巍峨的巨型熔爐，熔爐周圍架設着一層層螺旋向上的旋轉樓梯，每一層樓梯上都奔走着忙碌的侏儒工匠，他們的臉膛都被熔爐炙烤得赤紅，渾身大汗淋漓，熱火朝天地將一擔擔燃料和一筐筐泰坦原石源源不斷地填進滾滾燃燒的熔爐。

偌大的熔爐內烈焰翻滾，液化狀態的金盾泛出黑金色的金屬光澤，如同巖漿般噗噗冒着炙熱的氣泡，滾滾的黑色濃煙從熔爐中騰騰冒出，將洞穴內熏得烏煙瘴氣⋯⋯

「鍛造熔爐、侏儒工匠⋯⋯這裏是一座武器加工坊嗎？」布布路困惑地小聲道。賽琳娜正要開口，帝奇突然低聲提醒道：「快看那裏！」

在十餘米高的巨型熔爐頂端，無聲無息地閃現出一個熟悉的矮小身影，傲然地俯視着熔爐下方的勞作景象。即便隔着濃重的煙霧，布布路還是立即認出那是尼尼克拉爾。

為看得更清楚一點，布布路他們土隱在洞穴壁中，躡手躡腳地向熔爐靠近。

距離熔爐越來越近，他們赫然發現，在尼尼克拉爾身後，一座僅用一根鐵鍊吊住的鐵籠正岌岌可危地懸掛在熔爐上方。

而被囚禁在鐵籠裏呼呼大睡的人，正是多可薩！

「天哪，如果鐵鍊斷開……」看着熔爐內上千度高溫的泰坦原石巖漿，賽琳娜全身哆嗦起來，牙齒咯咯打戰。

「這種情況下，他竟然還睡得着……」看着鼾聲大作的多可薩，布布路真不知是該佩服還是該憂心。

「哈哈，誰也無法阻止我們了！」尼尼克拉爾張狂地大笑起來，邊笑邊尖聲叫道，「同胞們，再加把勁兒，把最後一批泰坦原石投入熔爐，製作達摩最複雜最耗時的階段就要結束了！人類滅亡的時刻即將到來！」

四人心頭咯噔一聲，糟糕，達摩真的快要完工了！

「我們得趕緊把多可薩救出來！」餃子急得滿頭大汗，「可惡，尼尼克拉爾這個狡猾的傢伙，他把多可薩掛在那麼顯眼的地方，擺明是想引我們上鈎！」

「哼，那我們就上鈎試試。」帝奇不動聲色地瞥向緊跟在大家身後的小泰坦。

沒錯，有小泰坦的協助，他們完全可以暗中行動，根本不必跟侏儒們正面交手！

四個人默契地對視一眼，立即投入營救多可薩的行動！

## 險中求勝

侏儒們即將在地穴樹的深處打造出擁有滅世力量的魔器 —— 達摩，幾百名侏儒工匠在巨大的熔爐周圍緊張而有序地

勞作着。

「吼——」突然間，一聲驚天動地的獅吼響徹洞穴。

嘩啦啦，受驚的侏儒們失手將數筐泰坦原石打翻了。

咻咻咻……沒等侏儒們反應過來，他們身後，一枚枚五星飛鏢有如天女散花般從洞穴四壁中射出，襲向熔爐一圈圈的螺旋臺階。措手不及的侏儒工匠們驚呼連連：

「不好，敵人來了！」

「敵人在哪兒？我怎麼看不見？」

「嘿嘿！」一道刺眼的光芒從洞穴頂部探下來，在布布路傻乎乎的笑聲中，光芒以令人眼花繚亂的速度移動起來。

「是光明神之劍！」

「太亮了，好難受！」

在光明神之劍的光芒照射之下，畏光的侏儒們驚慌失措地抱頭逃竄，狹窄的螺旋臺階上亂成一鍋粥。

見情況不妙，侏儒工匠們手忙腳亂地往熔爐下溜。誰知道他們剛跑下熔爐，地底猛地伸出一雙利爪，緊接着又冒出一口尖牙，在一陣「布魯布魯」的亢奮怪叫聲中，他們被守株待兔的四不像抓咬得鬼哭狼嚎。

布布路和帝奇帶着兩隻怪物從不同方向將偌大的洞穴攪得雞犬不寧。看準時機，餃子示意藤條妖妖從熔爐正上方垂下一道藤梯，順着藤梯，餃子小心翼翼地向着囚禁多可薩的鐵籠靠近。

賽琳娜讓水精靈製造出一個水泡包住餃子，防止熔爐中蒸騰出的熱氣灼傷他。

眼看餃子手中用大姐頭的髮夾自製的撬鎖工具就要碰到籠鎖，熔爐下突然傳來一陣尖厲的大笑——

　　「哈哈，你們果然來了！」在幾個侏儒工匠的幫助下，尼尼克拉爾避開四不像，叉腰大叫，「想從我眼皮底下把人救走？休想！艾姆，啟動熔爐的防禦系統！」

　　「是！」一直不見蹤影的艾姆突然從熔爐腳下鑽了出來，他的手中拿著一個不知名的裝置，尼尼克拉爾一聲令下，他就拉動了上面的操縱杆。

　　轟轟轟……

　　巨大的熔爐四周頃刻間沸騰起來，泰坦巖漿劇烈翻湧着，躥起一道道有如噴泉般高大而灼熱的巨浪，將懸在半空中的餃子和多可薩團團包圍。

「可惡，又中計了！」洞壁中傳來帝奇警覺的抽氣聲。尼尼克拉爾太狡猾了，他居然料到布布路他們會用偷襲的方式營救多可薩，早就設下陷阱了！

啪！驟升的高溫讓餃子身上包裹的隔熱水泡轟然破裂，散落的水滴瞬間被蒸發汽化。

「啊！」滾燙的蒸汽濺得餃子哇哇大叫。

「唧唧！」藤梯被熱氣烤得吱吱作響，畏火的藤條妖妖虛弱地纏緊餃子，沒有餘力把主人拉上來了。

餃子和多可薩隨時會被噴發的巖漿巨浪吞噬！而布布路和帝奇被巨浪隔住，無法過來援救。

眼看餃子命懸一線，賽琳娜聲嘶力竭地大喝道：「水精靈，快救餃子！」

水精靈接收到賽琳娜的指令，身體拉長變大，渾身綻放出耀眼的藍光，與此同時，賽琳娜身上浮現出淡藍色的銘文，一股澎湃的力量洶湧而出。她意識到，

是水之牙！危急中，她驅動了水之牙的力量。

洞穴內瞬間變得乾燥無比，侏儒工匠們體內的水分急劇流失，灼熱和脫水讓所有人都難受地乾咳起來。

越來越多的水元素匯聚到水精靈身邊，形成一個蘊含着高能量水元素的巨大水球。「唧 ——」

水精靈揮動着透明的長鰭，全力地將水球擲向包圍着熔爐的巖漿巨浪。

高能量的水元素和炙熱的巖漿轟然對撞，爆發出震耳欲聾的聲響和滾滾濃煙。

哧哧哧……熔爐四周的巖漿巨浪被成功澆滅了，但熔爐中幾千噸的泰坦巖漿因為有爐蓋的遮擋，依舊炙熱地燃燒着。餃子動作俐落地撬開鐵籠的鎖，藤條妖妖趁機將餃子和多可薩扔到小泰坦那兒，瞬間隱蔽起來。

「咳咳，別讓他們把那個怪物大師精英救走！可惡，抓住他們！」烏煙瘴氣中傳出尼尼克拉爾憤怒的咆哮聲。

侏儒工匠們氣勢洶洶地衝上熔爐，三個男生也默契地行動起來 —— 布布路利用神劍的光芒和暗器阻撓侏儒們的腳步，帝奇和餃子一同接住因喪失體能而從熔爐上跌落下來的賽琳娜……

當大家重新聚到一起後，多可薩睡眼惺忪地豎起大拇指：「四根蘿蔔表現得很不錯嘛！」

布布路四人被煙熏得黑乎乎的臉上全都露出如釋重負的神情，營救行動成功了！

# 預備生情緒控制測驗

**Q07** 當你發現就連本次 Ａ 級任務的主導者都深陷致命的危機中時,你作為輔助的誘餌會放棄繼續執行這項任務嗎?

A. 不會。　　B. 可能會。　　C. 會。

■即時話題■

**尼尼克拉爾:**可惡,這群狡猾的人類為甚麼總不按牌理出牌?我如此煞費苦心地「扔」了一份特質的煉金卷軸給他們,就是想引誘他們來救那個只會睡覺的怪物大師精英,要不然他們只會像無頭蒼蠅一樣在龐大地穴樹裏繞圈子!結果他們是來了,但竟然是用那麼怪異的方式出現,害得我的部署都亂了套!可恨,真是太可恨了!

**布布路(撓頭):**你原來是希望我們直接攻進來啊!對不起,我們沒做到!

**餃子:**布布路你搞錯了,他這是承認自己設想不周,很無能啦!

**賽琳娜:**喂,餃子你別老打擊人家!看尼尼克拉爾的臉都氣歪了!

**帝奇:**切,他的臉有正過嗎?

**尼尼克拉爾:**哇呀呀,我一定要把你們這群可恨的人類統統踩在腳下!

**布布路四人:**但是我們不想「躺」下來讓你踩。

完成這個測試後,你可以鑒定自己作為一個怪物大師預備生在情緒控制方面達到了甚麼程度。

測試結果就在第十二部的 210,211 頁,不要錯過哦!

這是成為怪物大師的必經之路!!!

**MONSTER MASTER**

尊敬的讀者:現在你跟隨布布路一起踏上了成為怪物大師的道路!向所有的困難發起挑戰吧!

來自地底的至尊魔器

MONSTER MASTER 12

新世界冒險奇談

第十五站 STEP.15

# 神祕的巨人——索加
## MONSTER MASTER 12

### 大人物的震撼登場

「可惡，趕緊把那幾個臭小鬼找出來！」地穴樹的盲區洞穴裏，尼尼克拉爾氣得尖聲咆哮不止。

但侏儒工匠們根本找不到土隱在角落裏的布布路一行，只能像無頭蒼蠅似的到處亂轉。

大家長舒一口氣，正打算詢問多可薩接下來該怎麼辦，突然，一個恐怖至極的聲音從更深的地底傳出：「尼尼克拉爾，你真是太沒用了！」

那聲音聽來耳熟極了，布布路捂着被震得嗡嗡作響的耳朵，詫異地問：「這個聲音不就是之前通過卡卜林毛球和利瑟爾領主通話的神祕大人物嗎？」

「不好！」餃子抬手按住額頭，他眉心的天目開始不安地跳起來，「我感覺到一股龐大的力量正在鼓動……」

餃子話音還沒落，就聽轟的一聲，不遠處的地面上赫然出現一個巨大的金色圓圈！

「吼！」猝不及防間，旋渦中伸出一張有如圓桌那麼大的血盆大口！

緊接着，從血盆大口的深處，緩緩探出一條巨大的尾巴……然後是後爪、軀幹、前爪、脖頸、頭顱……一副龐大的怪物身軀從血盆大口中以倒退的姿勢翻出來！

最後，那張血盆大口居然與身軀合為一體，一隻體積足有一座房屋那麼大、長着尖利長角和血盆大口的怪物完整地出現在眾人面前。

怪物不可思議的登場方式看得布布路他們瞠目結舌，它簡直就像是把自己反吐出來一樣！

「布魯布魯！」四不像好像看到甚麼髒東西似的，厭惡地吐着口水。

然而，令人驚駭的事情還沒結束 ——

唰！突然，從怪物依然處於大張狀態的嘴裏，猛地冒出一顆巨大的頭顱，隨後是脖頸、軀幹……一個巨大無比的人從怪物口中奮力爬了出來！

「我的老天!」餃子眉心處的天目劇烈跳動,語無倫次地驚呼道,「那……那是巨人嗎?」

沒錯,那個在外貌和比例上與人類相似,體積卻比人類大幾十倍的「大塊頭」應該就是巨人,可是,巨人族不是早就滅絕了嗎?

巨人渾身隆起的肌肉上佈滿猙獰的傷口,一看就是個身經百戰的勇猛戰士,他神情倨傲地掃視着匍匐在地的侏儒們,最後鎖定尼尼克拉爾,冷冷地哼道:「真是枉費我把地穴樹交給你使用,居然連區區幾個人類都抓不住!尼尼克拉爾,我對你太失望了!」

「我……」尼尼克拉爾雙膝一軟,撲通一聲跪倒在地,用顫音誠惶誠恐地哀求道,「索加大人息怒,請再給我一點時間!」

「索加大人請息怒!」在尼尼克拉爾身後,洞穴內的侏儒工匠們膽寒地附和着,紛紛屈膝向巨人跪下。

「那個一直在暗中給沙魯提供幫助的大人物就是這個巨人!」餃子費解地咕噥道,「可仇恨之書中不是說侏儒族和巨人族有不

共戴天之仇嗎？現在這個名叫索加的巨人怎麼會和以尼尼克拉爾為首的侏儒族攪和在一起？侏儒們還對他俯首稱臣……」

「索加……」帝奇突然像想起甚麼似的倒吸一口涼氣，「居然是他！」

怎麼，帝奇認得這個巨人嗎？

## 巨人族的唯一後裔

「索加是個極其危險的人物！」帝奇神情嚴峻地快速解釋道，「他是目前有記載的、唯一被確認為倖存的巨人族後裔，一

直處於被通緝的狀態。但事實上，索加的通緝令形同虛設，因為根本沒有賞金獵人願意面對這樣的敵人！就連我們家族特製的通緝檔案裏，也只有一些關於他的零星記載……」

大家警惕地看向索加和那隻擁有驚人吞吐能力的怪物，在索加完全從怪物口中脫離之後，怪物立即像落水的哈巴狗一樣，瘋狂地甩動腦袋，那耷拉着的下顎就在怪物令人眼花繚亂的甩動下神奇地復原了！

「那個圓圈是甚麼東西……」賽琳娜乏力地靠在布布路身上，狐疑地望着索加和怪物腳下那團緩慢轉動的金色圓圈。

「那是失傳已久的圓形法陣，能製造亞空間將人或物隱藏起來。」多可薩嘴角卻浮起一絲興奮的笑容，「看來，這次任務的目標人物終於浮出水面了！」

「咦？」布布路驚訝地瞪大眼睛，「我們的目標不是尼尼克拉爾嗎？」

「尼尼克拉爾只是怪物大師管理協會『放長線釣大魚』的誘餌，目的是引出食尾蛇組織迄今為止最神秘的四天王之一 —— 索加！」多可薩的眼中閃過一抹從未有過的凌厲之色。

四個預備生大吃一驚，甚麼？巨人索加是和黃泉、阿爾伯特、布諾・里維奇並列的食尾蛇四天王之一！

「原來這次任務真正的目標人物是躲在幕後操縱侏儒們的巨人索加，」餃子恍然大悟，「這麼說，剛才你在被擄進地穴樹後，沒有急着逃走，其實是故意在等索加露面嘍？」

大家眼前浮現出多可薩在泰坦巖漿熔爐上呼呼大睡的樣

子，有點哭笑不得。

「嗯……不過你們幾個冒險營救我的行動……也讓我有點兒小小的感動。」多可薩一改之前視布布路他們為「蘿蔔」的態度，眼中浮現出信任的目光，嚴肅地說，「關於這次 A 級任務，我能告訴你們的就這麼多，接下來，我要集中力量拿下巨人索加，你們沒有我的指令不要擅自行動！」

說完，多可薩縱身躍出土隱的區域，疾步朝着索加走去，引起侏儒們的騷動：

「啊，是剛才被救走的那個人！」

「他居然從地底下跳出來，怎麼回事？」

「快抓住他！」尼尼克拉爾尖着嗓子聲嘶力竭地吼道，「不要讓他靠近索加大人！」侏儒們立即朝着多可薩蜂擁而來，看着密密麻麻的侏儒和他們手中五花八門的兵器，布布路四人不禁暗暗替多可薩捏了一把汗。

然而，多可薩卻毫不慌亂，只見他用令人眼花繚亂的步伐移動着腳步，有驚無險地避開從四面八方撲上來的侏儒。

「哇！」布布路看得目不轉睛，多可薩的速度太驚人了！

「啊啊啊！」緊接着，更令布布路他們意外的事發生了，那些朝着多可薩揮起兵器的侏儒，居然全都像中邪了似的，渾身無力地癱倒在地……

一轉眼的工夫，凡是多可薩經過的地方，都橫七豎八地躺滿哀叫連連的侏儒。可就連眼力最快的布布路也沒看清多可薩到底是怎麼出手的。

「可惡，都給我站起來……啊！」尼尼克拉爾暴跳如雷地呵斥着倒地的侏儒們，話還沒喊完，多可薩已經近在眼前。

多可薩不屑地虛晃一拳，拳頭還沒落下，尼尼克拉爾就被凌厲的拳風颳飛了。

「多可薩好強！」布布路崇拜地看着勢如破竹般前進的多可薩，這麼厲害的怪物大師精英，應該能戰勝巨人索加吧？

來自地底的至尊魔器
MONSTER MASTER 12

新世界冒險奇談
第十六站 STEP.16

# 最重要的原料
## MONSTER MASTER 12

### 奇 怪的對戰氛圍

　　多可薩如入無人之境般衝破侏儒們的層層圍堵，來到龐大得像一座小山似的巨人面前。

　　雖然身形相差懸殊，多可薩的氣勢卻絲毫不受影響，他迎着索加冷冷的俯視，挑釁地喝道：「索加，你今天休想從我手下逃走！」

　　「就憑你？」索加發出一聲不屑的嗤笑，說着，索加猛地握緊拳頭，揮向多可薩 ——

「啊啊啊！」巨石般的拳頭帶起有如狂風過境般的呼嘯拳風，竟然將一旁的侏儒們全都掀得飛起來，像風中的落葉般被吹得到處都是。

「噢！」布布路的嘴巴驚得能吞下一顆雞蛋，巨人的威力太強了！

「嘶！」餃子險些咬到自己的舌頭，如果被這麼大的拳頭砸中，後果不堪設想……

「多可薩……他怎麼不躲？」賽琳娜心臟狂跳。

帝奇的眼睛一眨不眨地盯着戰局，多可薩竟一動不動地迎向索加可怕的巨拳！

說時遲，那時快，就在索加的拳頭碰到多可薩的一刹那，一道凌厲的氣流突然從多可薩身上迸射而出，將索加的拳頭彈了回去！

轟轟轟……

索加龐大的身軀一連倒退數步，地面都跟着震顫連連。

「嘿！」多可薩絲毫不給對手喘息的機會，沒等索加站穩，他就暴衝而上，對準巨人的膝蓋和肘部等薄弱部位，發起猛烈的進攻。

咔，咔……在多可薩靈活而不間斷的打擊下，索加全身的關節都發出可怕的錯動聲，巨大的手腳本能地追擊着多可薩，將整座洞穴震盪得飛沙走石，隆隆作響。

布布路他們只覺得自己全身的關節都跟着酥麻起來。侏儒們更是發出驚慌的抽氣聲，一個個膽戰心驚地遠遠觀戰，再不

敢輕易上前。

「我發現了！」布布路的目光緊緊追隨着多可薩，終於眼前一亮，肯定地說，「多可薩全身都包裹在一層薄薄的透明氣膜裏！」

「沒錯，」餃子點點頭，附和道，「我也能感覺到洞穴內的氣流正受制於某種力量。」

「莫非這是怪物的能力？」賽琳娜困惑地嘀咕，「可我從來沒從怪物圖鑒中聽說過這樣的怪物技能啊。」

四人面面相覷，事到如今，他們還不知道多可薩的怪物是甚麼。

「難道是……？」帝奇瞇起眼睛，回想道，「我曾在雷頓家族的機密圖鑒裏見過一種極其稀有的第五元素系怪物——幻影

魁偶，它的能力是『斗轉星移』，即是以其人之道還治其人之身，通過氣流的反彈，將受到的進攻返回到敵人身上。」

說話間，索加的巨拳對準多可薩左右開弓，多可薩果然不躲不閃，靠着那層透明氣膜的保護，他一次次將深具破壞力的拳頭反彈回去，並見縫插針地持續進攻巨人的關節。

眼看巨人連連受挫，那隻吐出自己和巨人的大嘴怪物卻半眯着眼睛，事不關己地趴在圓形法陣前，一動不動。

「那真的是索加的怪物嗎？」賽琳娜狐疑地嘀咕。

「從表面上看，好像是多可薩比較厲害，可是……」隨着戰鬥時間的拉長，布布路眼中的驚喜一絲絲褪去，心中不由自主地湧出一股異樣的感覺。

餃子他們也不再說話，一個個不安地觀望着戰局，多可薩和索加之間的激戰漸漸透露出一絲古怪的氣息 ——

索加雖然腹背受敵，神情卻十分悠閒，揮出的拳腳也顯得遊刃有餘，看似雜亂無章的進攻，實則牢牢牽制住多可薩的手腳；反之，佔據上風的多可薩則汗流浹背，高強度的移動和進攻讓他的體能急劇消耗，雖然有氣膜保護，臉色卻越發蒼白，目光焦灼地頻頻掃向洞穴中央的熔爐……

「多可薩似乎在給我們使眼色……」餃子敏銳地捕捉到多可薩的眼神。

帝奇眯眼望向滾滾燃燒的熔爐：「他應該是示意我們熄滅熔爐，停止達摩的淬煉。」

沒錯，熔爐每持續一秒，危險就加劇一秒，誰都不知道達

摩甚麼時候會煉製完成，越早關掉熔爐越好！

「可惜我現在一點兒力氣都沒有了……」賽琳娜虛弱而抱歉地望着大家，「如果能再次使用水之牙的力量，一定能熄滅整座熔爐……」

「沒關係，我們仔細找找，說不定有甚麼機關能停止熔爐！」布布路樂觀地說。

於是，三個男生攙扶着大姐頭，潛伏在地下，輕手輕腳地避開侏儒工匠，向着熔爐靠近過去……

## 苦戰！越獄犯的圍攻

布布路四人繞着熔爐轉了好幾圈，卻一無所獲，因為這座熔爐上除了一圈圈的工作臺階之外，甚麼都沒有！

「這個熔爐很可能是被設計成『永動機』模式了，」帝奇神情嚴峻地說，「除非達摩淬煉完成，否則熔爐將無法停止運行！」

「不好！」就在布布路他們束手無策的時候，餃子突然望向身後 ——

大家只顧着尋找能關閉熔爐的機關，卻沒留意到，那金色的圓形法陣竟然在無聲無息中移動到他們身後了！

「太好了，終於能出來了！」

「哈哈哈，多虧了索加大人！」

在一陣粗魯的獰笑聲中，數十人從圓形法陣中湧了出來。那些人的造型千奇百怪，手中握着鋒利的兵器，眼中無一例外地

泛着兇殘而狡詐的光。

鋦魔城的逃犯們終於露面了，集體越獄的陰謀呼之欲出，這些惡貫滿盈的逃犯們也全都歸順了索加！

「哈哈哈，我親愛的獄友們，你們終於來了！」看到這羣逃犯，原本畏首畏尾躲在角落裏的尼尼克拉爾立即奸笑着跳出來，獻媚地挑唆道，「你們還不快幫索加大人拿下那個搗亂的怪物大師精英！」

回應尼尼克拉爾的是逃犯們鄙夷的眼神，看着那一雙雙陰森而無動於衷的眼睛，尼尼克拉爾悻悻地退回角落裏，不敢再作聲了。

「看起來，那些逃犯一點兒都不給尼尼克拉爾面子，」帝奇冷哼道，「但是……」

帝奇目光凌厲地看向索加，只見像做遊戲一般和多可薩周旋的索加扭過頭，只是瞪了逃犯們一眼，逃犯們立即變了個表情，紛紛聽話地行動起來，用手中的各色冷兵器野蠻地刺向洞穴四壁。

布布路他們心頭一驚，如果這些窮兇極惡的逃犯們聯合起來，足以覆滅一個國家，可他們卻對索加唯命是從，索加顯然沒有對多可薩展現出他真正的實力！

餃子三人慌忙去掏怪物卡，但是來不及了，一陣強大的窒息感突然席捲而至……噗！噗！噗！噗！噗！

在逃犯們的瘋狂穿刺之下，洞穴的四壁劇烈地收縮起來，不堪重負的地穴樹居然像反芻一樣，把土隱在其中的布布路他

們和小泰坦一個接一個地吐了出來！

　　毫無防備的大伙兒頓時被近百名兇神惡煞的越獄犯們包圍了。

　　「終於逮到這個小東西了！」一個臉上橫陳着猙獰疤痕的高大逃犯一腳踩住小泰坦，惡狠狠地叫囂道，「這回看你們還往哪兒藏！」

　　咻咻咻⋯⋯帝奇朝一個渾身覆滿肌肉的大塊頭逃犯丟出一打暗器。

　　「哈哈哈，這種小伎倆還敢在我面前賣弄？簡直像撓癢癢一樣！」大塊頭面不改色地大笑着，渾身的肌肉瞬間有如要爆開般膨脹起來！

　　只聽一陣脆響，那身肌肉居然有如鋼鐵般堅硬，帝奇的暗器全都被彈飛了！隨後，大塊頭像拎小雞一樣把帝奇提起來，三下五除二地綁成粽子。

　　「啊啊啊！」餃子被逃犯們釋放出的數隻兇猛的怪物團團圍住，慌亂躲閃之中，一腳踩進一個逃犯丟來的繩套中，整個人大頭朝下地被懸吊起來。

　　最後，所有的逃犯齊齊將矛頭對準布布路──

　　「呵！」布布路護在失去戰鬥力的大姐頭身旁，在光芒四射的光明神之劍的威力下，獨自迎戰蜂擁而來的逃犯們，另一隻手中的金盾棺材也揮得呼呼生風。

　　「布魯布魯！」四不像也亮出爪牙，口中雷光閃閃，守住賽琳娜的另一側。

　　可是，這些越獄犯中的任何一個都擁有驚人的破壞力和野蠻的戰鬥力，就算布布路和四不像再怎麼頑抗，也敵不過上百個強大的敵人，他們漸漸開始撐不住了⋯⋯

　　終於，幾十個人高馬大的越獄犯一擁而上，將布布路和四不像壓倒在地⋯⋯

## 最後一道煉製工序

　　布布路四人和四不像全都被逃犯們擒獲，一個個被五花大綁起來。

　　「哈哈哈！太好了，達摩終於將要重現藍星了！」尼尼克拉爾興奮地爬上熔爐頂部，居高臨下地指着布布路，激動地喊道，「將一件集天地之精華的神兵投入熔爐，就是煉製達摩的最後步驟！現在，那件神兵 —— 光明神之劍就在背棺材的小子手中！」

　　甚麼？煉製達摩的最後步驟是將光明神之劍投入熔爐！

　　「尼尼克拉爾費盡心思、大費周章地把我們引到這裏，真正的目標其實是光明神之劍！」餃子恍然大悟。

　　「難怪他堅持要生擒布布路，」帝奇冷冷地說，「因為光明神之劍只有在布布路手中才能顯現神兵的樣貌，在別人手中只是一根撥火棍。」

　　「這麼說，他們是要把布布路和光明神之劍一起丟進熔爐裏⋯⋯」賽琳娜的聲音都變調了。

「可惡！」洞穴的另一頭傳來多可薩氣喘吁吁的聲音，索加的實力大大超出他的預估，現在他被纏得死死的，分身乏術。

「快把背棺材的小子扛上來！」尼尼克拉爾在熔爐上尖聲催促着。

「嘿嘿！」幾個身強力壯的逃犯獰笑着，輕而易舉地把和金盾棺材綁在一起的布布路扛起來，順着一圈圈的螺旋臺階，走上熔爐。

光明神之劍被繩索牢牢地固定在布布路手中，沿途放射出萬丈光芒，照得侏儒們紛紛後退，他們既恐懼又興奮地遠遠圍觀。

很快，布布路就被逃犯們抬上熔爐，懸到沸騰的千噸泰坦巖漿上方，只要逃犯們一撒手，布布路就將墜入滾滾燃燒的熔爐之中。沸騰的熔爐咕咕地吐着可怕的熔巖泡，如同野獸張開猩紅的大口，迎接獵物的到來！

賽琳娜和餃子的眼淚奪眶而出，急火攻心的帝奇整張臉都憋紅了，被索加拖住的多可薩更是額頭青筋暴起，但他們現在誰也抽不出身救布布路。

「快把神兵投入熔爐！」尼尼克拉爾在一旁用手遮住神劍的光芒，急不可耐地催促着，並向不遠處的索加振臂高呼道，「偉大的索加大人，請容我隆重地向您稟告，達摩的終極熔合就要實現了！」

在尼尼克拉爾瘋狂而亢奮的尖叫聲中，那幾個逃犯齊齊撒手，布布路的身體頓時像一隻秤砣般，向着熾熱沸騰的熔爐中

筆直地墜落下去 ——

　　熾熱的金屬沸水近在咫尺，布布路的眼睛被蒸騰的熱氣炙烤得睜不開，腦中一片空白，難道自己真的要死掉了嗎？我還沒來得及和爸爸見上最後一面，布布路遺憾的淚水在眼眶裏打轉。

　　此刻周圍一切都變得極其安靜而緩慢，布布路看到伙伴們撕心裂肺地喊叫着，卻聽不見一絲聲音。

　　布布路手中的光明神之劍最先沒入泰坦巖漿，光芒萬丈的神劍頃刻間被赤紅的巖漿吞噬，化為烏有……

　　就在布布路的腳即將碰到巖漿的最後關頭，「唧唧！」藤條妖妖以迅雷不及掩耳之勢伸出四根堅韌的藤條觸手，猛地伸向

熔爐，纏住布布路，將他救回大家身邊。

怎麼回事？

尼尼克拉爾驚駭地回頭，只見被捆綁的餃子三人竟然全都掙脫了。

原來布布路危在旦夕之際，帝奇將全身的力氣都集中到手腕，咬緊牙關用力一掙，以手腕脫臼為代價，生生將一隻手從繩索中抽了出來！

帝奇強忍着鑽心的疼痛，復原手腕關節，並摸出匕首替餃子割開繩子。心領神會的餃子摸出怪物卡，召喚出藤條妖妖，趕在最後一秒將布布路救了上來。

在黑暗聖井中升級後，藤條妖妖的行動力和速度大增，救人的整個過程不足一秒鐘，熔爐上方的尼尼克拉爾和逃犯們根本沒來得及反應。

# 預備生情緒控制測驗

這是成為怪物大師的必經之路!!!

尊敬的讀者:現在你跟隨布布路一起踏上了成為怪物大師的道路!向所有的困難發起挑戰吧!

**Q08** 你的同伴被敵人架在沸騰的熔爐上,生命危在旦夕,你是否會為了救援同伴而以自己的生命為代價呢?

A. 不會。　　　B. 可能會。　　　C. 會。

## ■即時話題■

**餃子**:我突然發現作者分配咱們的經歷不太公平!你們看,我因為體內多了個邪神伊裏布的關係吃了多少苦頭,多少次瀕臨死亡邊緣。大姐頭之前因為水之牙的關係也吃盡苦頭。現在輪到布布路倒霉了,差點就和光明神之劍一起化為烏有,連骨頭渣渣都不剩……相比之下,帝奇根本沒甚麼事。

**帝奇**:所以呢?你這是在顯擺自己戲份太多?

**餃子**:不不,我只是想預先提醒你,趕快去和你的粉絲溝通一下,讓他們多多為你投票,這樣作者就很可能會為你開專場!

**帝奇**:哼,下一本就是我的專場!

**餃子**:說了半天,原來你早就行動起來了。

完成這個測試後,你可以鑒定自己作為一個怪物大師預備生在情緒控制方面達到了甚麼程度。
測試結果就在第十二部的 210,211 頁,不要錯過哦!

新世界冒險奇談

第十七站 STEP.17

# 仇恨的靈魂

## MONSTER MASTER 12

### 傳說中的饕餮怪

　　雖然布布路死裏逃生，但光明神之劍卻被泰坦巖漿吞噬，達摩的終極熔合工序完成了！

　　偌大的洞穴內瞬間一片死寂，就連激鬥中的索加和多可薩都放慢動作，所有人都目不轉睛地望着熔爐中熾熱沸騰的泰坦巖漿。

　　然而，時間一分一秒地過去了，熔爐裏卻一點兒動靜也沒有……以尼尼克拉爾為首的侏儒們和越獄犯們臉上浮現出詫異

的神情，布布路他們也疑竇叢生。

「抱歉，我們來晚了！」沉寂中，一個熟悉的聲音傳來，大批裝備精良的人順着正門一股腦兒擁進地穴。是圖蘇和利瑟爾領主帶領的皇家警衛隊趕來增援了！

侏儒們和沙魯人一碰面，氣氛更緊張了——

「可惡，是沙魯人！」

「逃跑的侏儒藏在這兒，抓住他們！」

雙方劍拔弩張，很快打成一團，尼尼克拉爾和利瑟爾領主根本壓制不住這場積怨之戰。

「哈哈哈，真有趣！」鋦魔城的逃犯們像看戲一般圍觀這場混戰，還唯恐天下不亂地在一旁煽風點火。

焦頭爛額的布布路四人和圖蘇湊到一起，餃子壓低聲音，困惑地沉吟道：「神兵已經熔入，熔爐卻沒有動靜，這太奇怪了……」

「只要達摩沒煉成，我們就有機會，」圖蘇厭惡地望着在侏儒們中央暴躁跳腳的尼尼克拉爾，扶起靠在邊上的小泰坦，並提醒大家，「我們快想辦法把熔爐停下來！」

帝奇警惕地看看那些越獄犯：「趁他們沒注意我們，得抓緊時間行動！」

「哈哈哈，誰都別想阻撓達摩重現！」帝奇的話音剛落，與多可薩纏鬥中的索加突然發出震耳欲聾的大笑，「既然人都到齊了，是時候讓你們見識一下真正的恐怖了！」

糟糕，索加終於要展露出他的真正實力了嗎？多可薩的臉

色更加蒼白，布布路他們冷汗涔涔，越獄犯們陰險狡詐的眼中則流露出變態且期待的目光。

下一秒，所有人都驚呆了。

索加竟然丟下多可薩，改變揮拳的方向，扭頭攻向他自己那隻懶洋洋趴在一邊的大嘴怪！

轟轟轟……索加掄圓拳頭，巖石般的巨拳劈頭蓋臉地搗向自己的怪物，每一拳都在大嘴怪身上留下恐怖的凹陷，整座洞穴都在隨着巨人的揮拳而發出有節奏的震顫。

天哪，他是不是瘋了？

布布路他們傻眼了，侏儒們和皇家警衛隊也都垂下手中的武器，看着這讓人費解的場面。逃犯們更是噤若寒蟬，所有人的腿都被顛得酥麻，膽戰心驚地望着這瘋狂的一幕。

「嗷嗚嗚！」大嘴怪發出痛苦的嗚咽聲，身體竭盡所能地蜷縮起來，索加的拳頭每落到大嘴怪身上一次，它的身體就難以置信地縮小一圈……漸漸地，在索加狂暴的捶打下，它居然縮小成一隻巴掌大的袖珍大嘴怪！

「這是甚麼情況？」布布路看得瞠目結舌，他從來沒見過這麼奇怪的事情。

「布魯！」四不像的銅鈴眼瞪得渾圓雪亮，一會兒指指自己的嘴巴，一會兒又奮力指指自己的肚皮，沒人能理解它到底想要表達甚麼。

「嘎嘎嘎，嘎嘎嘎！」更奇怪的是，那隻縮小的大嘴怪居然對呆若木雞的多可薩，發出幸災樂禍的笑聲。

「哈哈，現在輪到你了！」在大嘴怪邪惡的笑聲中，索加終於停止毆打大嘴怪，他面目猙獰地揉着手腕，猛地轉過身，猝不及防地向多可薩揮出一拳。

這一拳的威力超乎之前百倍、千倍，堪稱地動山搖，揚起的灰塵和土石幾乎形成一場沙塵暴，洞穴的四壁咔嚓咔嚓地迸出一道道裂縫，被拳風掃到的人全都被凌空捲起。

「啊啊啊！」布布路他們、利瑟爾領主、圖蘇、侏儒們、沙魯士兵、越獄犯們……所有人都像疾風中的樹葉般四處亂撞，洞穴內慘叫連連。

受傷害最重的當然還是處於靶心位置的多可薩，巨大的衝擊力將他周身的氣膜擊得粉碎，七零八落的氣流虛弱地匯聚成一隻半透明的氣狀怪物，那正是被重創的幻影魁偶。

失去怪物的保護，多可薩重重撞向洞壁，在洞壁上砸出一個深深的人形凹槽，整個人像團棉絮般無力地癱軟在地，再也爬不起來了。

劇烈的震盪足足持續數分鐘才漸漸平靜下來，索加狂暴的雙目中射出陰冷的寒光，那是一個曾將人類和侏儒全都踩在腳下的神一般的種族所擁有的強大威懾力。

侏儒們和越獄犯們紛紛跪倒在地，發出戰戰兢兢的呼喊——

「索加大人，神威無敵！」

「我們願意做您最忠誠的僕人！」

利瑟爾和沙魯警衛隊都嚇傻了，布布路他們和圖蘇則趕緊

腳步跟蹌地湊到元氣大傷的多可薩身邊。

多可薩難以置信地望着索加腳邊巴掌大的大嘴怪，有氣無力地說：「我低估了索加，萬萬沒想到，他的怪物居然是……饕餮！」

## 絕密「藥引」

「掏……掏甚麼？」布布路滿頭問號，餃子三人也一頭霧水。

「饕餮，那是連怪物圖譜中都不曾記載的稀有邪惡怪物！我曾在一本稀有的怪物奇聞錄中看到過關於它的零碎信息。」圖蘇擔憂地替受到重創的多可薩解釋道，「據說，饕餮的胃口貪婪無度，它能吞噬主人的力量，儲存在體內，我猜這就是為甚麼它出現時的體形那麼巨大。剛剛索加對饕餮的暴打正是為了拿回自己的力量，之後饕餮也就變回到它原來的大小！」

「布魯布魯！」四不像在一旁滿意地連連點頭。

天哪，世界上竟然還有這麼奇特的怪物，連帝奇在內的四個預備生全都聞所未聞，吃驚不已。

而另一邊，尼尼克拉爾戰戰競競地仰視着索加，問道：「索加大人，剛才我明明已經按照您的指示，把光明神之劍投入熔爐中了，為甚麼沒有煉成達摩呢？」

「因為神兵並不是煉製達摩的最後工序呀，下面該輪到你了，我忠心的僕人！」索加發出陰森森的怪笑，突然向尼尼克拉爾靠近過來。

「我的意思是，煉製達摩，除了要熔入神兵之外，還需要熔入一味絕密『藥引』———個充滿仇恨的靈魂。」索加瞇着眼睛，玩味地望着尼尼克拉爾，「而你，無疑是最合適的『藥引』人選！」

甚麼？！煉製達摩還需要一個充滿仇恨的靈魂作為「藥引」！布布路他們全都一驚。

「您是要把我也當作原料投入熔爐嗎？」尼尼克拉爾的眼中寫滿驚恐，又急又氣地叫起來，「這些年來，我唯您馬首是瞻，踐踏奧古斯的皇族、偷運泰坦原石，甚至不惜讓成百上千的同胞為您賣命，難道我對於您來說，就是一味藥引而已嗎？」

利瑟爾領主和圖蘇對視一眼，原來，尼尼克拉爾在奧古斯所做的一切，都是索加佈下的棋局的一部分，而對於索加來說，尼尼克拉爾不過是個可以利用也可以丟棄的可悲棋子。

「哼，沒用的東西，居然花了十年都弄不到『泰坦之心』，你也只配做藥引了啊！」索加嘲弄地看着尼尼克拉爾，

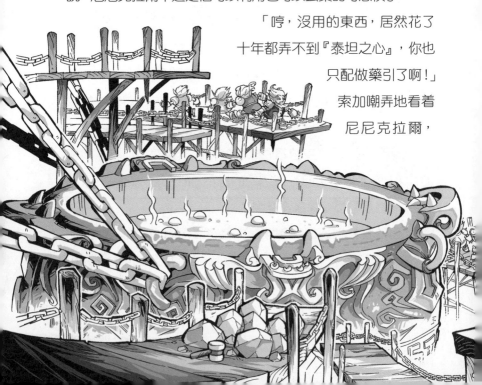

「自古以來，你們侏儒一族對於復仇的渴望幾乎達到貪婪的地步，不論是誰，只要能幫你們復仇，就能得到你們的合作！當年，為對付巨人族，侏儒和人類合作。現在，為對付人類，侏儒又來和我這個巨人族的後裔合作。那麼這次，為了實現你們的復仇，獻上自己的生命吧！哈哈，生活在黑暗中的卑微種族，真是註定要成為煉製達摩的藥引啊！」

「你不要打我族人的主意！」尼尼克拉爾氣得渾身發抖，但是他越憤怒，索加就對他越滿意，因為那就代表他心中的仇恨越濃。

「如果你不想牽連侏儒全族，那就乖乖地自己跳進熔爐，否則……」索加用威脅的口吻說，「我就把你所有的同族全都丟進

熔爐，相信侏儒全族的仇恨加在一起，一定能淬煉出一個更飽滿的仇恨靈魂！」

　　說着，他一揚手，伺機而動的逃犯們立即將手中的兵器對準在場的侏儒們。剛剛見識過巨人威力的侏儒們全都手腳發軟，根本無力招架，一個個無助地望向他們的領導者——尼尼克拉爾。

　　「你這個魔鬼！」尼尼克拉爾氣恨難平地望着索加，牙齒咬得咯咯作響。

　　「你放心，等到達摩煉製完成，我會幫你實現心願的。」索加狂妄地補充道，「我們食尾蛇組織一向秉持利用強大的怪物力量來戰鬥和統治世界的理念，沙魯作為一個壟斷武器製造業的國家，必然被我們摧毀！」

　　「不……」利瑟爾領主驚慌失措，皇家警衞隊的士兵們也全都面色慘白，他們該怎麼做才能挽救家園覆滅的命運？

　　「還有你們……」最後，索加將視線落到布布路一行身上，揚揚自得地叫囂道，「我也會利用達摩的強大力量來消滅各個怪物大師管理協會和眾多培訓基地，抱歉，你們都要失業了，哈哈哈……」

　　在巨人狂妄的笑聲中，疲憊不堪的布布路四人和圖蘇、重傷的多可薩靠在一起。擊敗巨人、挽救沙魯國……他們六個人能完成這次艱巨的任務嗎？

新世界冒險奇談

第十八站 STEP.18

# 達摩現世

# MONSTER MASTER 12

## 尼尼克拉爾的選擇

　　在巨人壓倒性的恐怖力量下，利瑟爾領主和沙魯警衛隊惶惶不安地聚攏在一起，侏儒們則被錮魔城的逃犯們用武器逼到熔爐下。

　　布布路他們夾在兩方中間，強忍着心中對巨人的怒火，焦灼地想着對策。

　　「怎麼樣，尼尼克拉爾？你決定了嗎？」索加逼視着尼尼克拉爾，眼中閃爍着邪惡的光芒，「是你自己跳進熔爐，還是讓你

的同胞們跟你一起陪葬？」

「我……」強烈的悲憤之下，尼尼克拉爾的喉嚨哽住了，愧疚地望向被逃犯們脅迫的同胞們 ——

這些侏儒都是沙魯人從藍星各地強行擄掠來的，從被囚禁在沙魯的那一天起，迎接他們的就是無休止的勞作和奴隸的命運。十年前，是在奧古斯稱王的尼尼克拉爾給黑暗中的他們帶來希望，他曾向他們許諾，只要侏儒族和那位神祕的大人物合作，就會重獲自由，結束屈辱的歷史……可他們萬萬沒想到，大人物的真正目的從來不是幫助侏儒族，尼尼克拉爾只不過是他用完就丟棄的棋子！

「尼尼克拉爾大人，這不是你的錯，你不要……哦……」艾姆突然不顧一切地往前衝，幾個逃犯惡狠狠地把他壓倒在地，用一團破布把他的嘴巴堵住。

艾姆急得雙目赤紅，作為跟隨尼尼克拉爾十年的心腹，他已經從尼尼克拉爾的眼中讀出他的心意……

彷彿是驗證艾姆的猜測，尼尼克拉爾戀戀不捨地從族人身上收回視線，深吸一口氣，大聲對索加說：「我選擇獻出自己的靈魂來完成達摩，請您……不，求您放過我的族人！」

逃犯們露出狂喜的神情，索加滿意地大笑起來：「不錯，你總算做出一個明智的決定！」

「不可能！」利瑟爾領主難以置信地囁嚅道，「這個狡猾而不擇手段的侏儒竟然……選擇犧牲自己！」

其他沙魯人也震驚了，他們從一貫看不起的侏儒身上看到濃

濃的情義。

「尼尼克拉爾……」大姐頭的眼眶紅了，三個男生也陷入沉思。

「尼尼克拉爾雖然犯下許多錯，但他所做的一切其實全都是為了侏儒族，想要讓侏儒族的同胞們不再受外族的欺凌。」餃子若有所思地沉吟道，「也許在奧古斯人和沙魯人眼中，尼尼克拉爾是個罪人，但在侏儒們心中，他卻是族人的驕傲和當之無愧的領袖……」

圖蘇緊緊握起拳頭，眼中光影流動，尼尼克拉爾的這個抉擇，和他當年決心隻身挽救奧古斯的心意多麼相似，不知不覺中，圖蘇似乎有點理解尼尼克拉爾的苦衷了……

侏儒們的臉上寫滿不甘和憤懣，恐懼扼住他們的喉嚨，他們敢怒不敢言，但強烈的仇恨意念卻通過尼尼克拉爾沙啞的聲音，直抵他們內心。

「薩咕！」突然間，侏儒們中有人開始有節奏地拍打地面並輕聲喊着，那是侏儒族對於心中最為敬佩的英雄的稱呼。

漸漸地，整個熔爐洞穴，充斥着一股悲憤但是鏗鏘有力的節奏：「啪！薩咕──！啪！啪！薩咕──！啪！薩咕──！啪！啪！薩咕……」

在全族敬仰的目光中，尼尼克拉爾昂着頭，一步步走上熔爐。

「等等！」布布路再也按捺不住了，不顧一切地拔腿往前衝，「尼尼克拉爾，別白白犧牲自己！我們一起想辦法……」

「不要衝動，索加的話不可信，」餃子也跟上來大喊，「一旦達摩煉成，他還是很可能出爾反爾，危害你的族人！」

「夠了！」尼尼克拉爾爬到熔爐頂，冷冷地喝道，「別假惺惺地裝好人了，你們阻止我，不過是害怕達摩被煉成，可惜今天你們要失望了！」

索加眉頭一皺，幾個逃犯立即跳出來，兇神惡煞般擋住要上前勸阻的布布路和餃子。

熔爐頂上，熱氣熏得尼尼克拉爾汗如雨下，可他臉上卻漸漸泛出異樣的神采，他聲嘶力竭地嘶吼道：「在人類的眼中，我們侏儒貪婪又記仇，而在巨人眼中，我們則卑微如螻蟻！你們利用我們，欺壓我們，逼迫我們承受屈辱的命運，千百年來，我們始終得不到最基本的生存權利，不能有尊嚴地活着。我既不是第一個忍辱犧牲的侏儒，也不會是最後一個，但只要仇恨之火不滅，侏儒族就永遠不會停止向巨人族和人類發起戰爭……終有一天，我的同胞們會代替我復仇成功！同胞們，哪怕苟且偷生，哪怕必須忍受無盡的屈辱，也不要忘記這血海深仇，只要還有一個侏儒活着，復仇就永遠不會停止！」

## 魔器重生

濃濃的恨意出現在每一個侏儒的臉上，是的，仇恨不會結束，只要他們能活下去，就終有復仇成功的一天，哪怕要再熬過更漫長的時光也在所不惜！

侏儒們充滿恨意和詛咒的眼神把利瑟爾領主和沙魯警衛隊都震懾住了。

「不錯不錯!」索加滿意得直咂嘴,尼尼克拉爾心中的仇恨越多,達摩的威力就會越強!

滴答,滴答!布布路的眼淚無聲滑落,像烙鐵般炙熱,這一刻,他突然覺得莫名的悲傷……

尼尼克拉爾為煉製達摩而犧牲,仇恨之書將又記上重重的一筆,人類不僅更難化解這無邊的仇恨,還將面臨達摩帶來的難以預計的災難!

可現在尼尼克拉爾根本不想聽他們的勸告,怎麼辦?

「也許我可以試試。」就在眾人束手無策的時候,圖蘇突然深吸一口氣,向前邁出幾步,大聲向尼尼克拉爾喊道,「尼尼克拉爾,你聽着,人類蹂躪了侏儒太久,你們選擇反抗的行為並沒有錯,任何一個種族和個人都有權利反抗不公的命運,你所做的一切我都理解!」

聽到圖蘇的聲音,尼尼克拉爾的臉上終於浮現出一絲遲疑。

圖蘇一本正經地繼續說:「我曾經也和你一樣,內心充滿滔天的仇恨,十年前,你侵佔奧古斯,驅逐皇族,我被迫逃亡到垃圾場。當時我曾發誓,只要打倒你,我願意犧牲自己,哪怕我有生之年不能成功,也要讓仇恨的意志永遠流淌在奧古斯人的血液裏……

「可是,很快我就意識到自己不能這麼做。因為我看到成千上萬失去家園的奧古斯人民,飢餓和窮困讓他們的白天有如

黑夜，黑夜充斥着噩夢，日夜沉浸在仇恨的泥沼中……漸漸地，親人之間不再有溫情，人與人之間也沒了關懷，每個人心中都只剩下無邊的黑暗和惡毒的詛咒，連孩子的眼中都充滿怨氣……

「這一切讓我心中充滿痛苦和恐懼，因為，比起失去家園，失去人性才是更可怕的！失去家園，我們可以齊心協力重新建造，但如果失去人與人之間的溫情和關愛，那才會真正使一個國家和一個種族淪入萬劫不復的人間地獄！

「所以，我選擇忍辱負重，在你身邊臥底十年之久，哪怕後來我的子民們不再相信我，我也沒有放棄，因為我絕不能眼睜睜看着我的人民淪為仇恨這個魔鬼的傀儡！

「尼尼克拉爾，我知道你想要拯救侏儒族，但你真的忍心看着千千萬萬的同胞永遠活在仇恨之火的煎熬中嗎？你真的希望所有侏儒族的孩子都從小生活在詛咒的世界裏嗎？如果侏儒族不將內心的仇恨放下，那麼即使有更多的尼尼克拉爾犧牲，侏儒族的屈辱和苦難也不會消除，種族間的冤冤相報將永遠不會結束！你們的心靈也永遠得不到自由！」

圖蘇王子的一番話讓布布路他們聽得淚眼模糊，多可薩紅着眼眶朝圖蘇暗暗點頭。

以利瑟爾領主為首的沙魯人汗顏地低下頭，作為武器之國，他們又何嘗不是讓自己的孩子生活在冰冷的武器世界裏，從小耳濡目染的都是殘酷的戰爭和權錢的交易……

侏儒們困惑了，茫然又不知所措地望着尼尼克拉爾，似乎

是在問，他們的復仇意志難道是錯誤的嗎？

「呵呵……呵呵……哈哈哈哈！」一片沉默中，尼尼克拉爾先是發出斷斷續續的輕笑，很快便連成無法自控的瘋狂大笑，笑聲中卻充滿苦澀和無奈，「事到如今，說甚麼都沒用了，我已經沒有回頭路了……」

「既然沒有回頭路，就別再廢話了！」索加不耐煩地催促道。

「快跳啊，趕緊跳吧！」逃犯們充滿惡意地齊聲附和着索加。

「圖蘇，你是個不錯的手下……」尼尼克拉爾擠出一抹慘澹的笑容，愧疚地看了一眼圖蘇，毅然轉過身，縱身跳入熔爐！

「不！尼尼克拉爾——」圖蘇王子絕望地喊道。時間在那一刻凝固了！

灼熱的泰坦巖漿翻滾着，一瞬間便吞沒了他……

轟——

熔爐爆發出有如天崩地裂般的震動，侏儒們、沙魯人和布布路他們的驚叫聲全都被轟鳴聲淹沒。泰坦巖漿像燒紅的海水般掀起層層巨浪，黑金色的炙熱能量源源不絕地在熔爐中匯聚，劇烈翻湧。黑色一絲絲褪去，漸漸淬煉成奪目的金色，像陽光般晃得人睜不開眼睛。

耀眼的金色能量在熔爐中迅速聚集，不斷凝結……最終形成一根金光閃耀的巨大法杖！

法杖頂端鑲嵌着一顆閃耀着璀璨光華的寶珠，在巖漿的沐浴中，光滑的金色杖身一點點脫離熔爐，帶着不可一世的氣勢，靜靜飄浮到眾人頭頂。

那就是達摩！

## 噴發的地穴樹

擁有滅世力量的魔器達摩煉成了！

在這猶如烈日爆炸般的奪目光芒照耀下，布布路幾人再也說不出任何話語，默默注視着這魔器誕生的瞬間，彷彿身心都被那金光奪去了一般。

「來！」索加雙目放光地伸出手，在他因激動而微微顫抖的召喚聲下，法杖嗖地飛入他手中，索加興奮得狂笑起來，「哈哈哈，接下來，就讓我用沙魯來試驗一下達摩的威力吧！」

「索加大人威武！」錮魔城的逃犯們爆發出熱烈的呼應，一雙雙貪婪的眼睛緊盯着達摩。

利瑟爾的臉色像紙一樣慘白，他深知在達摩面前，任何反抗都是多餘的。

一些沙魯士兵更是驚恐得連兵器都失手掉到地上，相比之下，侏儒們卻顯得死氣沉沉，他們絲毫沒有因為沙魯即將被摧毀而感到喜悅，只是一個個望着那座奪走尼尼克拉爾生命的熔爐，目光中充滿了屈辱與憎恨。

索加額上青筋暴起，將全身的力量都集中到手中的達摩上，厲聲喝道：「啟動吧，達摩！」

嗡——

在巨人的意念驅使下，法杖的寶珠瞬間爆發出強勁的光

芒，揚起的氣流將所有人都重重掀飛⋯⋯

　　瞬間的膨脹之後，強大的能量波正以寶珠為圓心，瘋狂地向外擴張，凡是被波及的地方，全都淪入令人窒息的黑暗之中。

　　而達摩釋放出的黑暗力量和永夜之石截然不同，如果說永夜之石只是吞噬一切可見光，那麼達摩則是徹底摧毀一切！

　　黑暗咆哮着，奔流着⋯⋯

　　凡是被達摩的能量波沾染到的東西，大到熔爐，小到散落在地的兵器，連同地穴樹本身⋯⋯所有的一切都像被強酸腐蝕過一般，急速萎縮、坍塌，化作烏有！

　　「我的老天！」達摩的力量讓餃子眉心的天目劇烈跳動，讓他頭痛欲裂。

　　「我們得阻止達摩！」利瑟爾領主崩潰地哭喊道，「不能讓索加摧毀沙魯，城中還有千千萬萬無辜的百姓啊！」

　　聽到領主的哭喊，沙魯警衛隊的士兵們強忍着心中的恐懼，不顧一切地衝向索加。

　　「休想靠近索加大人，哈哈哈！」早有防備的錮魔城逃犯們紛紛獰笑着撲上來，牢牢地將索加圍在中央，阻止任何人靠近。

　　「來吧，達摩，徹底毀滅沙魯吧！」索加高舉達摩，發出歇斯底里的狂笑。

　　急速蔓延的能量波瘋狂地吞噬着洞穴，很快，大家幾乎沒有立足之地了！

　　「大家快離開洞穴！」布布路急聲大喊，「千萬別被能量波碰到！」

布布路背起賽琳娜，圖蘇攙着利瑟爾領主，餃子和帝奇架着多可薩，沙魯警衛隊則紛紛拽起因失去領袖而茫然無措的侏儒們，所有人都放下心中的恩怨，紛紛逃出洞穴，狼狽地穿行在地穴樹九曲迴腸的通道內。

在他們身後，達摩釋放出的死亡能量波像影子一樣緊咬不放，地穴樹一寸寸地淪為腐朽的黑暗，龐大的身軀痛苦不堪地蠕動着。

身陷地穴樹中的布布路他們有如坐上過山車，一個個天旋地轉，侏儒們和沙魯士兵手中的兵器飛得到處都是，在每個人身上都剮蹭出道道傷口。

終於，遭受重創的地穴樹再也無法承受，在一陣有如火山

噴發般的斷裂聲中，地穴樹的頂部爆裂出一張猙獰的缺口，所有通道內的氣流都猛地向着缺口推擠過來——

轟！

「啊啊啊！」巨大的擠壓力下，幾百人全都被地穴樹「吐」了出去，一個個天旋地轉地摔趴在地。

「哇啊！」烏煙瘴氣之中，最先爬起來的布布路發出一聲驚呼，他們居然重新回到地面上了！

可是，沙魯大半個皇宮被噴發的地穴樹夷為平地，坍塌的宮牆和破碎的兵器讓昔日輝煌的宮殿淪為滿目瘡痍的廢墟，更讓人倒吸一口涼氣的是，廢墟的中央赫然露出一個散發出刺鼻黑霧的大洞。

在那個由地穴樹的噴發而造成的巨洞下，沙魯的最高機密地 ——萬神之砧化為烏有，地穴樹被腐蝕得黑漆漆的軀體則在黑洞底部苟延殘喘地蠕動着……

# 預備生情緒控制測驗

**Q09**
敵人用同伴們的性命逼迫你犧牲自己,完成製造滅世武器的最後一道工序,這個武器若是問世,世界將生靈塗炭,你會為了同伴們而放棄自己的生命嗎?

A. 不會。　　B. 可能會。　　C. 會。

## ■即時話題■

**布布路**:哦哦哦,原來巨人把自己的力量儲存在他的怪物饕餮體內,好厲害哦!不過他用這麼暴力的手段來取回能力實在是太過分了吧!

**四不像**:布魯!(翻譯:少見多怪!)

**賽琳娜**:饕餮算是獨一無二的怪物吧,我印象中沒有其他怪物能像它一樣吞噬力量……

**四不像**:布魯,布魯布魯!(翻譯:喂,你忘了本大爺!)

**賽琳娜**:四不像,我還有下半句話沒說完呢!你確定自己釋放能力的方法和饕餮一樣,是通過讓主人暴打嗎?

**四不像(不屑)**:布魯!布魯布魯!(翻譯:你是讓我在戰鬥關鍵時刻先毆打奴僕嗎?這個可以考慮試試看……)

**布布路**:嗚,四不像,你能不能稍微尊重我一點?

完成這個測試後,你可以鑒定自己作為一個怪物大師預備生在情緒控制方面達到了甚麼程度。

測試結果就在第十二部的 210,211 頁,不要錯過哦!

來自地底的至尊魔器

MONSTER MASTER 12

新世界冒險奇談

第十九站 STEP.19

# 同仇敵愾的同盟軍

## MONSTER MASTER 12

### 毀滅的力量

夜幕中，噴發的地穴樹將布布路一行六人、利瑟爾領主和沙魯警衛隊、侏儒們全都彈回地面，萬神之砧毀於一旦，四周已是一片廢墟。

「哈哈哈，真是件趁手的武器啊，達摩果然沒讓我失望！」索加腳步隆隆地踏出腐朽不堪的地穴樹，轟然躍上地面，縮小的饕餮怪懶洋洋地趴在巨人肩頭。

錮魔城的逃犯們也紛紛從大洞中爬出，他們揮舞着手中的

兵器，瘋狂砍砸着宮殿的殘垣斷壁。

「住手，住手啊！」利瑟爾領主聲音發顫地叫着，可沙魯警衛隊的兵器丟得所剩無幾，鎧甲也千瘡百孔，根本無法阻止逃犯們的暴行。

地穴樹的噴發讓本來就元氣大損的賽琳娜和多可薩更加虛弱，布布路他們擔心地查看着兩人的狀況。

索加用力一躍，跳到廢墟般的皇宮頂上，他深吸了一口氣，渾身的肌肉頓時膨脹了一倍，他將達摩高高舉過頭頂，亢奮地喝道：「達摩！一塊殘磚斷瓦都不要留下，讓這座罪惡的城池永遠消失在萬丈沼澤之中！」

在索加的驅動下，達摩再一次釋放出恐怖的能量波……

象徵着死亡的能量波有如傾瀉而下的黑水，貪婪地蠶食着皇宮的廢墟，並順着殘破的宮牆，以令人驚心的速度向外滲透、蔓延……

精密的武器加工圖紙、象徵着沙魯榮耀的雄獅勳章……所有的一切都在達摩的威力下化作焦土！

沙魯城中傳來百姓們驚慌失措的呼叫聲 ——

「不好了，皇宮倒了！」

「我們得去幫忙！」

「天哪，那是巨人嗎？」

「不管了，救人要緊！」

人們紛紛向着皇宮湧過來，一些百姓自發地抄起兵器，躍躍欲試地衝進來救人，可他們的身體一沾染到被腐蝕的黑暗區

域，就立即哧哧冒出黑煙，痛苦不堪地倒下了。

士兵們剛把受傷的人安頓好，就又有更多不明真相的百姓憤怒地衝進來。

「不要過來，不要過來啊！」沙魯警衛隊被重重的黑暗包圍，眼睜睜地看着家園和親人籠罩在死亡的陰影中，發出撕心裂肺的哭喊。

可是沒有用，每倒下一個人，百姓們臉上的怒火和鬥志就更濃重一分，他們像發瘋般不停地衝上來，又不停地倒下，根本不聽勸告……

布布路他們保護着賽琳娜和多可薩躲避着達摩的能量波，還要照顧方寸大亂的侏儒們，忙得焦頭爛額，根本無暇阻止沙魯百姓英勇卻瘋狂的行徑。

「這就是沙魯人引以為傲的『全民皆兵』？哈哈，太可笑了！」混亂之中，索加爆發出充滿嘲弄的笑聲，發出狂妄的宣言，「讓達摩終結這個無可救藥的國度吧！這是我給愚蠢的人類和卑微的侏儒的警告，從現在起，我將成為你們的主宰者！」

「怎麼會這樣……」利瑟爾領主渾身像篩子一樣抖動，難以置信地望着失控的百姓，「他們瘋了嗎？」

「這就是人類的劣根性……」餃子難受地用手按着面具下突突跳動的天目，耳畔不禁響起伊里布的話，「人類的天性本來就是好戰的……」

「沒錯，只要人類存在，戰爭就不會停歇，」圖蘇目光沉沉地望着利瑟爾領主，「而武器的發明和存在，則助長着人類天性

中的好戰因子……」

聽到餃子和圖蘇的話，利瑟爾領主和沙魯警衛隊懊悔不已，可這悔意來得太遲了……

轟轟轟……

達摩在索加手中持續發威，腐蝕一切的力量將最後一段城牆蠶食殆盡，貪婪地向着沙魯城中吞噬過去。在這毀天滅地的恐怖力量下，一切掙扎都是徒勞，人們只能絕望地閉上眼睛，等待死亡的降臨……

可讓所有人都感到意外的是，時間一分一秒地過去，死神卻遲遲沒有落下命運的屠刀，不僅如此，連耳畔驚天動地的轟鳴聲都漸漸平息了。

「咦?」布布路詫異地眨巴着眼睛。

在摧毀沙魯皇宮後，達摩突然停止了發力，杖端的寶珠暗淡下去，黑暗力量也沒有向城中繼續蔓延……

## 奇 跡般的逆轉

達摩的戛然而止讓眾人十分意外，索加臉上也浮現出一抹疑惑。

「這是個機會，」多可薩勉強提起一口氣，輕聲對布布路四人和圖蘇說，「不能再讓達摩留在索加手裏，我們得想辦法把達摩奪過來!」

大家對視一眼，紛紛召喚出怪物。除了體力不支的賽琳娜

和多可薩之外，四個男生兵分四路向索加靠近過去……

「可惡！」索加暴躁地甩動毫無反應的達摩，朝着那些面面相覷的逃犯們惡狠狠地呵斥道，「把那四個人拿下，別讓他們礙事！」

「是，索加大人！」接到指令的逃犯們舔舔舌頭，像看到甚麼美味的獵物一般朝布布路他們撲上來。

「不好！」圖蘇警覺地大喝道，「大家快集中到一起！」

在地穴樹中見識過逃犯們的實力，布布路三人明智地退到圖蘇身邊，四人的後背緊緊靠在一起，形成一個堅固的防禦陣形，抵禦從四面八方撲上來的逃犯們。四隻怪物也緊緊跟隨在主人身邊，施展出全身解數配合……

錮魔城的逃犯自然不是省油的燈，他們的招數千奇百怪，再加上人數眾多，四個男生實在是寡不敵眾，漸漸地，他們的動作慢下來，一個個汗流浹背，幾乎連防禦陣形都快要維持不住了。

逃犯們卻像被打開殘暴的開關，一個個眼中泛出嗜血的興奮光芒，像野獸般舔舐着飢渴的脣齒，越戰越勇。

「他們快扛不住了！」被安置在遠處的賽琳娜焦急不已。

多可薩也滿頭大汗，索加隨時可能重啟達摩，必須趕緊擺脫這些難纏的越獄犯，孤立無援的他們該怎麼辦？

「同胞們！我們的家園還沒有被徹底摧毀，不要放棄希望啊！」無助的氣氛之下，一直羞愧地瑟縮在旁邊的利瑟爾領主突然站起來，朝着他身後的沙魯警衛隊和遠處傷痕累累的沙魯

百姓振臂高呼道，「大家看，那四個少年是在為我們沙魯而戰鬥啊，我們不能袖手旁觀，大家都振作起來，助他們一臂之力吧！只要沙魯人的鬥志和希望不滅，沙魯就不會滅亡！」

「是啊，不能讓他們孤軍奮戰！」

「沙魯人絕不向命運屈服！」

「不能容許壞人在我們的土地上作威作福！」

在利瑟爾領主的呼籲下，沙魯警衛隊和沙魯百姓們一呼百應。

「侏儒同胞們！尼尼克拉爾大人如果還在，他一定不希望看到我們坐以待斃啊！」這時，艾姆也出乎意料地站起來，向着一蹶不振的侏儒們喊話道，「大家都親眼看到了，和我們一樣，沙魯人也是被巨人利用的受害者，是戰爭的棋子！而之前在地穴樹中，他們並沒有丟下我們獨自逃命，奧古斯的圖蘇王子也一路照顧着我們！他們都能打開心胸，放下偏見，難道我們侏儒一族註定要永世活在痛苦的泥沼中嗎？同胞們，不要再讓仇恨蒙蔽我們的雙眼了，讓我們與沙魯人、圖蘇王子和那幾個英雄少年團結起來，並肩戰鬥，用堂堂正正的方式贏回侏儒族的自由和尊嚴吧！」

「放下仇恨和偏見，用堂堂正正的方式贏回自由和尊嚴！」艾姆發自內心的呼喊讓侏儒們一個個拳頭緊握，重新燃起希望。

很快，沙魯人和侏儒們集結成一支聲勢浩大的同盟軍，他們肩並肩站在一起，操着殘破的兵器，甚至以木枝和石塊充當武器，齊心協力地衝向窮兇極惡的逃犯們，連養尊處優的利瑟

爾領主都紅着眼睛加入戰鬥。

「哇呀呀！」儘管這些逃犯每個都實力驚人，但面對如此龐大的隊伍，他們還是有些傻眼，不得不集中力氣對付這支雖然良莠不齊卻鬥志驚人的軍隊。

「太好了……」多可薩將充滿希望的目光投向布布路四人。

「我們去搶達摩！」在同盟軍的增援下，布布路眼中燃起了熊熊鬥志，他擺脫逃犯們的圍堵，在人羣中穿過，朝着巨人索加衝過去！

然而，他還是遲了一步——

「哈哈哈！」在索加持續集中意志的驅動下，達摩再一次煥發出刺眼的金光，一股股能量波在寶珠內蠢蠢欲動地匯聚、醞釀着，就要再次奔湧而出！

「不好！」餃子警覺地按住天目，「達摩又要啟動了！」

「糟了！」帝奇順着達摩所指的方向一看，那裏赫然是同盟軍和逃犯們的戰場！如果達摩在這個時候啟動，所有人將頃刻間化為烏有！

「住手！想要毀滅沙魯，先問過我們這些怪物大師！」危急關頭，布布路高舉雙手，拚命地朝着索加衝過去，打算以徒手之力搶奪達摩！

「不要啊！」圖蘇失聲驚呼，這絕對是不可能完成的任務！

「布布路！」賽琳娜淚如泉湧，與逃犯們激烈交手的同盟軍也發出一陣驚呼。

而下一秒，所有人都呆住了。就在布布路的指尖觸碰到達摩

的一瞬間，達摩再一次停住了。不僅如此，它還像有意識一般，噌地脫離索加的巨手，穩穩地落入布布路手中！

## 戰力暴增的饕餮怪

「噢！」布布路難以置信地舉着比他整個人還要巨大的達摩，達摩居然在他手中緩緩地掉轉方向，反將矛頭對準了索加！

這一幕讓眾人目瞪口呆，索加眼中也閃過一抹驚疑。

「怎麼回事？」餃子忐忑地嘀咕道，「莫非達摩也像光明神之劍一樣，選擇了布布路作為主人？」

一片靜默中，一個毫無感情色彩的聲音從達摩中發出，由微弱到清晰，漸漸傳入眾人耳中——

「來吧……使用達摩吧……仇恨也好，希望也罷……只要是足夠強大的意志，就能讓達摩釋放出奇跡般的力量……」

所有人都大吃一驚，那聲音居然是尼尼克拉爾的！

「他不是跳入熔爐，成為達摩的仇恨藥引了嗎？」賽琳娜困惑不已。

「也許達摩只是熔合他的意識，而不是吞噬……」帝奇皺眉道，「尼尼克拉爾的意識並沒有完全消失。」

「我從沒聽過尼尼克拉爾用這麼平靜的語氣說話……」圖蘇若有所悟地說，「他似乎沒有要刻意偏袒索加和布布路中的任何一方……」

「只要有足夠強大的意志，就能駕馭達摩……」餃子細細品味着尼尼克拉爾的話，「這麼說，至少在剛剛奪取達摩的一瞬間，布布路的意志力是大於索加的，所以達摩才會掉轉矛頭，落入布布路手中？」

「嘖嘖，事情終於開始變得有趣了！」索加握了握拳頭，雙眼放光地看着布布路，「看來我終於可以認真地打一場了！」

沙魯人和侏儒們則大驚失色，難道在重傷多可薩的時候，索加還沒使出全力嗎？

「背棺材的小子要完蛋了！」錮魔城的逃犯們獻媚地慫恿着，「索加大人必勝！」

「我不會讓你摧毀沙魯，更不會讓你危害怪物大師管理協

會，食尾蛇組織的陰謀絕對不會得逞，索加，放馬過來吧！」布布路搖搖晃晃地高舉達摩，毫無懼色地喊道，「今天我一定要打倒你！」

賽琳娜他們擔憂不已，面對這麼強大的對手，尚且不知道如何使用達摩的布布路能有勝算嗎？

「不錯不錯！」索加撫掌大笑，一把抓起趴在肩膀上打盹兒的縮小版饕餮，用力往地上一摜，「該你出場了！」

「吼──」饕餮像一團爛泥般砸到地上，小小的眼中瞬間迸射出令人不寒而慄的紅光，在一聲尖厲的嘶吼聲中，它的大嘴竭盡所能地撐開，腹腔內發出駭人的吸氣聲⋯⋯

漆黑的廢墟上驀地颳起瑟瑟陰風，一開始，只是細小的石

子在地面上滾動，很快，風勢越發猛烈，更大的土石和磚瓦被掀起！

「啊啊啊！」猝不及防間，包括錮魔城的逃犯們在內，眾人手中猛地一空，手中的兵器竟然全都被風捲走了！

「天哪，快看！」不知是誰大喊一聲，人們這才驚愕地發現，土石暴走的狂風之中，剛剛還只有巴掌大的饕餮變得足有一人多高了，並且還在不斷變大！

原來那詭異的風是饕餮在不斷地吸氣！它每抽一聲氣，就有更多的漆黑焦土和兵器被貪婪地吸入腹中，隨着吞下的黑暗之物和武器的增多，饕餮的身體也在失控地黑暗化，堅硬化……原來，饕餮怪不僅能吞食主人的力量，連聚集在達摩上的黑暗力量都被它吞了下去，並為己所用！

「嗝！」最後，當饕餮終於將廢墟上下所有的黑暗之物和兵器全都吞下肚後，它的體形已經如同一座小山，體外生出鎧甲般的厚厚鱗片，足部也躥出尖刀狀的趾甲，張開的巨嘴裏纏繞着無數令人窒息的黑暗氣流，有如一隻來自地獄的魔獸！

來自地底的至尊魔器
MONSTER MASTER 12

新世界冒險奇談
第二十站 STEP.20
# 奇跡之戰
# MONSTER MASTER 12

## 達摩的提示

「哈哈哈！」望着戰力暴增的饕餮，索加大喜過望，狂傲地指向布布路，挑釁道，「小子，接下來，我要親手摧毀你的意志！」

「吼──」恐怖的饕餮發出一聲驚天動地的咆哮，踏着隆隆的腳步衝向侏儒和沙魯人的同盟軍，凡是被它碰到的地方，全都淪為死亡的焦土⋯⋯

「啊啊啊！」失去武器的同盟軍在饕餮的瘋狂踐踏下，只剩

下驚慌逃命的份兒。

「嘿嘿嘿!」逃犯們也紛紛獰笑着逼向餃子他們……

餃子、帝奇和圖蘇被逃犯們團團圍住，失去戰鬥力的賽琳娜和多可薩則有如待宰的羔羊。

眼看同盟軍和同伴們身陷囹圄，布布路的額頭上滑落下豆大的汗珠，他明顯感受到達摩越來越沉重和發燙了，似乎要從他手中脫離出去。

「布布路，集中注意力，不要管我們!」似乎感受到布布路的遲疑，圖蘇艱難地喊道。

「背棺材的小子，別中了索加的計!」利瑟爾領主也大聲疾呼。

「千萬不要讓達摩重新落入索加手裏啊!」艾姆粗聲粗氣地吼道。

成羣的逃犯中，三個同伴的聲音也傳入布布路耳中 ——

「布布路，加油啊!」

「別放棄希望!」

「撐住，不要讓我看扁你!」

在眾人的呼喊聲中，布布路的眼眶紅了，他咬緊牙關，拚命地握緊達摩。

「看你還能撐多久!達摩啊，快快重新挑選你的主人吧!」索加不屑地冷哼着，暗暗集中意志，貪婪的目光死死地鎖定達摩。

索加的鬥志越來越強了，布布路全身都因用力而顫抖着，達摩正在失控地從他手中一寸一寸地脫離，向着索加靠近過

去⋯⋯

「不！」布布路雙目暴突，牙齒咬得咯吱咯吱響，聲嘶力竭地嘶吼起來，他絕不能讓達摩重新回到索加手中！

似乎是感應到布布路的決心，杖端的寶珠突然泛起一團明亮的白色光芒，尼尼克拉爾的聲音再次響起——

「⋯⋯任何人都可以使用達摩⋯⋯哪怕是卑微如塵的種族，也能成為達摩的主人⋯⋯只要你願意以生命作為代價，你就能成為達摩的持有者之一⋯⋯當持有者的生命力戰勝達摩自身的力量，達摩就能為持有者所用⋯⋯」

所有人心中都在暗自揣測着，只要以生命作為代價，就有希望成為達摩的主人。可是，萬一持有者的生命力沒能戰勝達摩自身的力量，那麼持有者豈不是會失去生命？

「我願意！」靜默之中，布布路不假思索地大聲喊道，「我願意以自己的生命為代價，成為達摩的第一個持有者！」

布布路話音剛落，蠢蠢欲動的達摩竟然真的停住，不再繼續向着索加靠近了。

「愚蠢的人類根本不配使用達摩！」索加暴躁地吼道，急不可耐地大步上前，打算直接動手奪走達摩。

「哇啊！」布布路的雙手着急地發力，想要避開索加，可不論布布路怎麼用力，也無法將達摩移動分毫。

「哈哈哈！」轉眼間，索加來到布布路面前，巨大的手掌猛地落下來，握住達摩。

然而下一秒，索加臉上的笑容凝固了，因為他也無法移動達

摩，達摩就像是牢牢固定在半空中一般，紋絲不動！

　　錮魔城的逃犯們忍不住竊竊私語起來 ——

　　「怎麼回事，索加大人也拿不動達摩了？」

　　「難道那個棺材小子的生命力真的很強？」

　　「都給我閉嘴！」索加氣急敗壞，抓起一塊巨石朝着逃犯們擲去，十幾個逃犯頓時被砸暈，其他逃犯也被嚇呆了。

　　趁着這個機會，餃子和帝奇機警地虛晃幾招，抽身出來，餃子還用辮子捲出被困的大姐頭。三人飛奔到布布路身邊，義無反顧地齊齊舉起手，握住懸在半空中的達摩，異口同聲地喊道 ——

　　「我們也願意以自己的生命為代價，成為達摩的持有者！」

就聽嘭的一聲，達摩杖端的寶珠瞬間迸射出一道刺眼的金色光柱，驟然射向索加，那光柱的爆發力驚人，居然將索加巨大的身軀生生撞飛了！

## 燃燒吧，偉大的靈魂之力

在餃子三人加入後，達摩爆發出強大的光柱，將索加擊得飛出幾十米！

「可惡！」當着眾人的面，索加狼狽地摔到地上，羞憤得怒不可遏，赤紅的雙眼幾乎要噴出火來，咬牙切齒地吼道，「我要把你們都捏碎，踏成塵土！」

「吼吼！」感受到巨人的強烈怨念，饕餮掉轉矛頭，惡狠狠地望向布布路他們，鋒利的爪牙在廢墟上磨得咔咔作響。

「哇啊！」在巨人和饕餮的雙重威脅下，布布路眼皮狂跳，因為達摩又不動了！

「這可麻煩了……」餃子額頭冷汗直流，「看起來，似乎只有新的生命力不斷注入，達摩才能持續發威。」

「相比達摩自身的強大力量，我們四個人的生命力太渺小了……」帝奇沉聲道。

賽琳娜虛弱得連話都說不出來了，就在四人無計可施的時候，一個熟悉的聲音在他們身後響起：「放心，還有我們呢！」

四人驚訝地回過頭，就見圖蘇攙扶着多可薩走到他們身後，疲憊地笑道：「我們兩個也願意以生命為代價，成為達摩的持有者！」

一名怪物大師精英，一名怪物大師和四名預備生，六個人目光堅毅地高舉雙手。在他們頭頂上，達摩上的寶珠漸漸散發出白色的光芒，那光芒雖然不夠強烈，卻給人一種溫暖和向上的力量。

「憑你們六個人，就妄想控制達摩？」索加羞惱又不屑地嘲弄道，「別做夢了！」

「不，不只有他們六個，還有我！」利瑟爾領主雖然雙腿劇烈顫抖，眼中卻閃動着自豪的光彩，他大步走到布布路他們身後，「為了捍衞家園和百姓，我也願意付出生命！」

「我等誓死追隨領主大人！」沙魯警衞隊的士兵們也紛紛跟

在領主身後。

「我們也不能袖手旁觀！」在領主和沙魯警衛隊的感召下，沙魯的百姓也自發地走上前……

不知不覺中，布布路他們身後聚集了成百上千願意犧牲生命的沙魯人。更讓人動容的是，以艾姆為首的侏儒們也沉默地站到沙魯警衛隊的身旁，他們的臉上不再有仇恨和憤懣，而是寫滿莊嚴和驕傲。

人們一個挨着一個，男女老幼，不分種族，所有的手都緊緊地握在一起……

每多一個人加入，達摩的杖身就變得越發透明，而它散發出的白色光芒卻更強烈，彷彿是達摩在將自身轉化成光明和希望的力量！

最終，達摩在萬丈光芒中消融殆盡，白色的光芒卻在沙魯的夜空中迅速蔓延，將沙魯城包裹在寧靜的力量之中。一縷縷光芒將每一個人都舒適地環繞住，如同一團團溫暖而厚重的棉花，輕輕擦拭着人們身上和心中的傷痛……

不過，比起舒適沐浴在達摩力量中的人們，索加、饕餮和逃犯們就沒那麼幸運了，那白光一落到他們身上，就如同變成一根根尖利的針，刺得他們慘叫連連。

「嗷嗷！」饕餮黑暗的身軀被白光籠罩，咻咻地冒出濃煙，沒一會兒的工夫就黑暗盡褪，重新變回巴掌大小，喉嚨裏嚶嚶地怯怯叫着，退回到巨人腳邊。

「可惡，這一次算你們走運！」達摩不見了，索加渾身有如被

千萬根鋼針穿刺，奇痛難忍，再也撐不住，暴躁地吼道，「我會記住你們的，後會有期！」

說完，他大手一揮，腳下的地面上驀然出現一道圓形法陣，索加抓起嗷嗷叫的饕餮縱身跳進去，逃之夭夭了。

「太好了，沙魯得救了！」利瑟爾領主喜極而泣。

沙魯警衛隊和成千上萬的百姓發出震天的歡呼聲，侏儒們則熱淚盈眶地望着達摩消失的地方……

布布路六人疲憊不堪地紛紛癱軟在地。

「啊，救命啊！」就在所有人都沉浸在勝利的喜悅中的時候，人羣中卻傳來一陣騷動。

原來，在見識到達摩的威力之後，錮魔城的逃犯們紛紛貪心大起，在白光逐漸淡去後，他們從地上爬起來，兇神惡煞地劫持了一些手無寸鐵的婦孺，一個個惡狠狠地叫囂道：

「我們不要再回到錮魔城那個鬼地方去了！」

「對，我們不僅要得到沙魯的全部財富，還要得到達摩！」

「哈哈哈，只要有了達摩，藍星上的一切就全都是我們的！」

「如果不滿足我們的條件，我們就對人質不利！」

劫後餘生的人們再次面臨威脅，布布路他們也頭疼不已，他們該怎麼擺平這些窮兇極惡的逃犯們，救出被挾持的百姓？

## 圓滿的落幕

就在布布路他們焦頭爛額地想辦法營救被逃犯們劫持的百

姓時，地面下突然傳來一聲聲奇怪的土石攪動聲。

噗噗噗⋯⋯

一個個矮小卻有力的身影密密麻麻地從皇宮的廢墟下破土而出，以迅雷不及掩耳之勢紛紛撲向逃犯們。

「啊啊啊！」猝不及防的逃犯們一個個被撲倒在地，撞得眼冒金星。

當看清那一個個矮小身影的樣子，布布路他們全都大吃一驚，那居然是上百個一模一樣的小泰坦！

沙魯警衞隊和侏儒們急忙一擁而上，把那些逃犯捆綁起來。

「哇啊！」震驚的人羣中，布布路的眼睛瞪得渾圓，因為只有他一個人能看見，在沙魯城外的沼澤另一端，赫然聳立着一個頂天立地的巨大身影 ——

是泰坦巨人！

「噓！不要聲張。」圖蘇神祕地對布布路比出一個噓聲的手勢，輕聲說，「我是一個很低調的人，所以才只隨身攜帶一個小泰坦分身，如果不是事態緊急，我是不想召喚泰坦巨人它老人家出手的。」

布布路似懂非懂地點點頭。

「從最後達摩釋放出的力量來看，它似乎並非一件絕對邪惡的武器，而是聽從使用者的意志⋯⋯」帝奇走到利瑟爾領主身邊，好奇地問道，「到底是甚麼人能設計出這樣神奇的武器呢？」

「當年，侏儒、人類和巨人，為面對艱險的自然環境和兇猛的野獸，三個種族的祖先結成同盟，並協力打造出充滿光明和

希望的達摩。」利瑟爾領主長歎一口氣，毫無保留地回答道，「可是，隨着生存條件的改善，三個種族之間的關係卻惡化了，他們爭搶土地和資源，各不相讓。達摩也淪為種族間戰爭的工具，沾染上黑暗和仇恨之氣，最終成為一件具有毀滅力量的東西，不僅滅絕了巨人族，還讓侏儒族永遠只能活在黑暗中，最終成為三個種族共同的禁忌。」

聽到這裏，餃子下意識地按着額頭的天目，輕聲說：「仇恨是黑暗的力量，能夠毀滅萬物；而正義、光明和希望則能令一切重生。黑暗與光明，毀滅與重生，這是宇宙間的終極奧祕，也是達摩最初製造者的心意吧！」

圖蘇也動容地說：「尼尼克拉爾經歷了地獄般的屈辱與仇恨，卻在最後一刻選擇放棄黑暗，投向光明。他在毀滅與重生

的選擇之間，最終選擇了後者，不僅救贖了自己的靈魂，也改變了達摩，使之重新變回充滿光明與希望的樣子。而他也最終得到心靈的救贖，永遠成為達摩的一部分……」

在場的侏儒們一個個泣不成聲，尼尼克拉爾用自己的生命傳達出對侏儒族的希望，他們也將擔當起重任，將這份希望和光明的力量傳達到幽深洞穴之下的每一個侏儒族聚居地……

「我會向怪物大師管理協會提出申請，讓下屬醫療部門着手幫助侏儒們克服對陽光的恐懼。」多可薩虛弱地笑着說。

利瑟爾領主鄭重地握緊艾姆的手：「我們沙魯必會盡全部力量幫助你們，並和每一個願意放下仇恨的侏儒族部落結為友好鄰邦。」然後，他又對布布路他們說，「請各位放心，我不會再打侏儒族的主意，不僅如此，我還會改變沙魯的立國之道，不再以武器作為國本，而是謀求更好的強國之路。為表達我的真心，我邀請你們六人成為沙魯的榮譽市民，隨時來監督和視察。」

「榮譽市民？嘿嘿嘿！」布布路不好意思地抓着頭皮傻笑。

「布魯布魯！」四不像則奮力拍着瘪瘪的肚皮，嘰哩呱啦地對領主怪叫，彷彿是在說，甚麼榮譽市民，趕緊來一頓美味大餐吧！

沙魯百姓們很快端出美味的食物，招待飢腸轆轆的人們。

天濛濛亮，布布路他們和多可薩就乘坐利瑟爾領主提供的飛船離開沙魯，返回十字基地，不過在登艇的時候，大家卻發現圖蘇不見了，只留下一張帶着雙頭鷹標誌的小紙條：

怎麼說呢，我最討厭離別時傷感的氣氛了，反正我們以後有的是機會見面，所以，我先走了，再見。

圖蘇

這傢伙竟然又搞不告而別這一套，對此，多可薩呼呼大睡，三個男生深感遺憾，只有賽琳娜恨恨地咬牙，她的白馬王子少女夢又破滅了……

## 尾聲

布布路四人一回到基地，就直接被金貝克導師帶到獅子曜的辦公室裏。

獅子曜保持着一貫雷厲風行的作風，開門見山地告知道：「這次 A 級任務完成得很好，不過，因為尼尼克拉爾並沒有被緝拿歸案，所以，你們沒有資格領取懸賞獎金。我只能象徵性地給你們加一點點學分，以示鼓勵。」

　　「就算加了學分，他們也別妄想能超過獅子堂的精英隊。」金貝克導師在一旁嘲笑道，隨後又巴結地對獅子曜說，「您的金孫才是預備生中當之無愧的第一名！」

　　不過，獅子曜並沒有理會金貝克，而是沉聲對四人說：「在你們返程的路上，多可薩已經用卡卜林毛球，將你們的表現如實告訴我了。你們的努力和得到的獎勵，或許是不成正比的，所以，如果你們有其他的要求，不妨提出來，我會盡力滿足你們。」

　　「他們？他們還能有甚麼了不得的要求，還不就是食物啦，

盧克啦，學分啦，漂亮衣服啦……」金貝克碎碎唸着。

可讓金貝克意外的是，布布路四人卻只是相視一笑，然後，由布布路代表大家，輕描淡寫地回答獅子曜：「我們沒甚麼要求，因為，在這次任務中，我們已經收穫了更寶貴的東西，那是遠遠高於學分和盧克的。」

在獅子曜讚許的目光中，四人挺胸抬頭地大步走出辦公室，重新融入預備生的生活之中……

【第十二部完】

# 預備生情緒控制測驗

**Q10** 操控滅世武器需要強大的意志力，你認為自己的意志力堅強到能成為滅世武器的主人嗎？

A. 不會。　　B. 可能會。　　C. 會。

## ■即時話題■

賽琳娜：圖蘇那傢伙每次都搞不告而別這套，哼，想起來就生氣。

三個男生面面相覷，預感暴風雨接近……

餃子：其實圖蘇也不算太帥，大姐頭你以後一定會遇見更好的白馬王子。

帝奇：他的瘦是一時的。

布布路：大姐頭，你看餃子也算是個王子吧！

賽琳娜：我覺得前兩條說得我還能接受，後面那條──哼！

餃子（痛苦狀捂胸口）：我突然感覺好受傷……

完成這個測試後，你可以鑒定自己作為一個怪物大師預備生在情緒控制方面達到了甚麼程度。

測試結果就在第十二部的 210，211 頁，不要錯過哦！

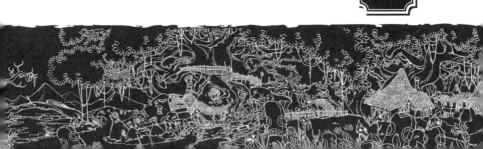

# 『幻惑的荊棘王座』

勇氣與責任打造的王冠，只屬於真正的繼承人！

**ALLY** 盟友

最強的獅王咆哮彈，成長的少年迎向滿是荊棘的王座

繼承者們的戰鬥，唯一可信賴的盟友是……

## 第十三部
## 《幻惑的荊棘王座》

尤古卡・雷頓突然造訪摩爾本十字基地，帝奇陷入退學風波。

與此同時，尼科爾院長交代了布布路三人一項有關調查雷頓家族的祕密任務。

雷頓家族無法進入的神祕領地裏，一行人發現了黑暗潛行者遇難的線索。

前途險惡，他們舉步維艱；重重陰謀，他們抽絲剝繭。

一切都是為了最重要的同伴的回歸……

# UPGRAD
## 升級

下部預告

藍星的許多政商名流都得了古怪的「血汗飢渴症」，怪物大師管理協會認為此事與賞金王雷頓家族脫不了關係。

尤古卡強迫帝奇退學的時機又引人深思。

黑鷺導師帶領布布路三人悄悄潛入雷頓家族的神祕領地——

怪物枯骨的圍攻、九層塔內的狩獵遊戲，他們能否順利找到自己重要的同伴帝奇？

關係賞金王家族興衰存亡的獵霸令已經發出，守護繼承人王座的戰鬥早已拉開帷幕！究竟誰能守護歷時三百年的家族榮耀？

新生代中最出類拔萃的賞金獵人，
他人眼中最有資歷繼承賞金王家族的長子，
對於帝奇這個受到爺爺特別青睞的弟弟，
他是恨，是愛？還是……

# BUBURO.BURO.
# LIVAGE
## 布布路·布諾·里維奇

難以計數的怪物枯骨
聚化為一體，
阻擋住眾人的去路！

# 【情緒控制鑒定結果】

單項選擇字母最多的就是你在執行任務中的顯性情緒，單項選擇字母第二的則是你在執行任務中的隱性情緒。快來核對你的情緒控制能力，以及適合執行的任務類型吧！

## Ⓐ【果斷型】

你的意志堅定，獨立性強，具有強烈的冒險精神，在執行任務的過程中不會瞻前顧後，也不會胡思亂想，只會以達成任務為目的並積極行動。但若是任務中產生令你反感的部分，你很可能會中止任務或者對團隊主導任務的人直接提出意見。

另外，請你注意適當避免風險，加強團隊合作，萬萬不可盲目武斷。

適合執行的任務類型：戰鬥性為主，比如追捕通緝犯、危境探險等等。

## Ⓑ【思考型】

你習慣用理性思考現狀，尤其是在執行任務的過程中，你認為必須有條理地去分析所遇到的所有問題，然後做出最適合的選擇，否則一旦走錯一步就會影響全局，最後功敗垂成。

你很擅長團隊合作，也能顧慮到他人容易忽略的小節，只是你要小心別因為太過謹慎而錯過轉瞬即近的好時機。

適合執行的任務類型：以觀察力為主，比如美食搜尋、古墓挖掘等等。

# 【情緒控制鑒定結果】

## ◎【保守型】

　　你不喜歡在執行任務中遭遇任何意外，不管是驚喜還是驚險，你都覺得是個麻煩。你習慣跟在主導者的身後，默默完成自己該做的那部分事情，不會偷懶少做，也不會積極多做。

　　你還討厭爭執，當團隊成員意見不合的時候，你會在旁保持沉默，等待爭執的結果，卻從不主動提出自己的想法，就算最後得出的結果與你的想法背離，你也會默默遵從。

　　請你注意，這會讓周圍的人認為你是個消極又不合群的人，導致你在團隊中處於被忽略的位置。

　　適合執行的任務類型：服從性為主，比如保鏢護衛、運載珍品等等。

# 「怪物對戰牌」場景版使用說明書
## Monster Warcraft

 **基本資訊**：單冊附贈 8 張卡牌。為 1—8 部怪物對戰卡牌集的擴充包。
遊戲人數：4 人以上　　遊戲時間：5 — 20 分鐘

—— 「怪物對戰牌」場景版規則 ——

來場精彩的多人對戰吧！洗牌開始！

GAME START 成為『怪物大師』就要憑實力！

## 【基礎牌組列表】

1. 人物牌：8 張
2. 怪物牌：8 張
3. 特殊物件牌：4 張
4. 場景牌：12 張
附件：單冊附贈 8 張卡牌。

## 【遊戲目的】

遊戲開始前，玩家需確定自己的身份，一隊為挑戰方，一隊為迎戰方，雙方對戰人員的數量必須相等。當以下任意一種情況發生，遊戲立即結束：

所有挑戰方死亡，則迎戰方獲勝；
所有迎戰方死亡，則挑戰方獲勝。

## 【遊戲規則】

1. 將人物牌洗亂，玩家抽取 1 張人物牌，確定自己的人物血量值。（人物牌的組合技能在 4 人對戰時適用）

2. 將怪物牌洗亂，玩家抽取 1 張怪物牌，確定自己所擁有的怪物。

將怪物牌置於人物牌的上面，露出當前的血量值。（扣減血量時，將怪物牌右移擋住被扣減的血量值）

3. 將基本牌、元素晶石牌、特殊物件牌等洗混，作為牌堆放在桌上，

玩家各摸 4 張牌作為起始手牌。將場景牌洗混，作為另一個牌堆放到桌上。

4. 遊戲進行，第一輪的場景固定為【龍蚯站點】《怪物大師》第九部附贈），同時玩家翻開最上面的一張場景牌，確定下一輪的場景，每輪都必須提前確認下一輪的場景。確定先出牌的玩家從牌堆頂摸 2 張牌，使用 0 到任意張牌，加強自己的怪物或者攻擊他人的怪物。

但必須遵守以下兩條規則：

◆每個出牌階段僅限使用一次【攻擊】。

◆任何一個玩家面前的特殊物件區裏只能放 1 張特殊物件牌。

每使用 1 張牌，即執行該牌上的屬性提示，詳見牌上的說明。

遊戲牌使用過後均需放入棄牌堆。

5. 在出牌階段，不想出或沒法出牌時，就進入棄牌階段。此時檢查玩家的手牌數是否超過當前的人物血量值（手牌上限等於當前的人物血量值），超過上限的手牌需要放入棄牌堆。

6. 回合結束，對手玩家摸牌繼續進行遊戲……直至一名玩家的血量值為 0（即死亡）。

# 「怪物對戰牌」場景版使用說明書
## Monster Warcraft

**基本資訊**：單冊附贈 8 張卡牌。為 1—8 部怪物對戰卡牌集的擴充包。
**遊戲人數**：4人以上　　**遊戲時間**：5—20分鐘

────「怪物對戰牌」場景版規則────

7. 出牌順序：若挑戰隊為首發玩家，則排名第二位的出牌玩家必須為迎戰方。雙方隊伍中玩家的出牌順序必須錯開。

8. 判定的解釋：摸牌階段時，對要進行判定的牌需要先進行判定，翻開牌堆上的第一張牌，由這張牌的花色或點數來決定判定牌是否生效。

9. 怪物牌翻面的解釋：在輪到玩家的回合開始前，若是你的怪物牌處於背面朝上放置的狀態，請把它翻回正面，然後你必須跳過此回合。

10. 若遊戲未分出勝負，但牌堆的牌已經摸完，則重新將棄牌堆的牌洗混後，作為牌堆繼續使用。當所有場景牌用完之後，需要重新洗一遍場景牌，建立新的場景牌堆。

## 【怪物卡牌一覽表】

| 怪物名稱 | 卡版 | 屬性等級 | 獲得方式 |
|---|---|---|---|
| 四不像 | 普通卡 | D 級 | 隨書附贈 |
| 水精靈 | 普通卡 | D 級 | 隨書附贈 |
| 藤條妖妖 | 普通卡 | D 級 | 隨書附贈 |
| 巴巴里金獅 | 普通卡 | C 級 | 隨書附贈 |
| 金剛狼 | 普通卡 | B 級 | 隨書附贈 |

| 一尾狐蝠 | 普通卡 | B 級 | 隨書附贈 |
|---|---|---|---|
| 魔靈獸 | 普通卡 | A 級 | 隨書附贈 |
| 泰坦巨人 | 普通卡 | S 級 | 隨書附贈 |
| 蒼赤虎（影子版） | 普通卡 | C 級 | 隨書附贈 |
| 花芽獸（影子版） | 普通卡 | C 級 | 隨書附贈 |
| 龍膽（影子版） | 普通卡 | B 級 | 隨書附贈 |
| 露姬兔（影子版） | 普通卡 | D 級 | 隨書附贈 |
| 大聖王 | 普通卡 | B 級 | 隨書附贈 |
| 九尾狐 | 普通卡 | D 級 | 隨書附贈 |
| 騎士甲蟲 | 普通卡 | D 級 | 隨書附贈 |
| 惡魔酷丁 | 普通卡 | D 級 | 隨書附贈 |
| 塞隆鼠 | 普通卡 | B 級 | 隨書附贈 |
| 帝王鴉 | 普通卡 | A 級 | 隨書附贈 |
| 帕米魯格 | 普通卡 | A 級 | 隨書附贈 |
| 般若鬼王 | 普通卡 | A 級 | 隨書附贈 |
| 水精靈（升級版） | 普通卡 | B 級 | 隨書附贈 |
| 大紅武章 | 普通卡 | B 級 | 隨書附贈 |
| 克林姆林 | 普通卡 | A 級 | 隨書附贈 |
| 鎖鏈魔神 | 普通卡 | A 級 | 隨書附贈 |
| 藤條妖妖（升級版） | 普通卡 | B 級 | 隨書附贈 |
| 地獄犬 | 普通卡 | B 級 | 隨書附贈 |
| 幻影魁偶 | 普通卡 | A 級 | 隨書附贈 |
| 饕餮 | 普通卡 | ？級 | 隨書附贈 |

# 「怪物大師」漫畫小劇場
## Comic Theater
### 神器的儲存方法

Comic：李仲宇／Story：黃怡崢

Note 無天良時間 爆笑登場！

編輯部特別獻禮『怪物大師』中鮮為人知的小番外小趣味！

# 「怪物大師」漫畫小劇場
## Comic Theater

### ● 四不像眼中的同伴

Comic：李仲宇／Story：黃怡崢

採訪一下四不像對同伴們的第一印象。

巴巴里金獅？

食用 ✓　大 ✓　彩 ✗

水精靈呢？

食用 ✓　解渴 ✓

藤條妖妖……

✓　素 ✗

編輯部特別獻禮『怪物大師』中鮮為人知的小番外小趣味！

爆笑登場！

## 特別企劃・第四期偵查報告
# 【這裏，沒有祕密】

**Q1. 餃子、賽琳娜和布布路都在單本中「專場」過了，尤其是餃子還不止一本，甚麼時候輪到我最喜歡的帝奇啊？**

答：看到「怪物大師」第十二部後面的預告頁了嗎？相信你已經處於期待滿滿的狀態。

**Q2. 為甚麼第五部的預告裏的甲殼蟲上有幾個戴面具的人，到了第五部正式出版之後，插圖上就沒了呢？**

答：由於插圖描繪是以雷叔的文章為準，當雷叔描寫的劇情發生變化時，插圖也會被要求隨之修改。

**Q3. 四不像除了貪吃之外，還有別的愛好嗎？**

答：欺負布布路……大概！

**Q4. 在「怪物大師」系列中，雷叔最喜歡的是哪個角色？**

答：布布路！

**Q5. 黃泉在第五部最後拿海綿糖哄小孩，他是不是喜歡吃甜食啊？**

答：也許吧，四天王的口味不好隨便揣測啊！

**Q6. 聽說雷叔喜歡三男一女一萌寵的組合來着，我猜食尾蛇的第四位天王是個女的吧！好期待她出場哦！**

答：嘿嘿，有沒有發現你的預測出錯啦？

**Q7. 賽琳娜頭上為甚麼有像牛魔王一樣的角？**

答：根據畫手的解釋，那是為了突顯女漢子的造型。

**Q8. 四不像是不是炎龍的轉世？**

答：作為主角怪物的四不像，所擁有的身份背景可是比「炎龍轉世」這個猜測更為神祕離奇，請讀者們再猜猜看吧！

# MONSTER MASTER

Especially written for kids aged 9-14

## 從帝奇的角度來看 人物關係圖

去掉雷頓家族繼承人的光環，帝奇也只是一個普通的少年。

布布路
餃子
賽琳娜

不許叫我豆丁小子！

我比你高一厘米，
你沒資格叫我豆芽菜。

朔月

帝奇

胖一瘦？

圖蘇

大哥，
你甚麼時候
才會認可我……

邊人不簡單……

尊敬！

白痴……

尤古卡
尼尼克拉爾
多可薩

※ 帝奇的獨白時間：

我想變強！這是我來參加摩爾本十字基地招生會時的目標。那時我以為獲得超越
其他人的力量就意味着強大，但現在我明白了，真正的強者還需要一顆堅強的心。
終有一天，我必須回去面對繼承人的責任，可在此之前，我會好好享受和同伴們
一起為夢想努力、為成長而前進的每一天！

# 怪物人氣排行榜 第1回

「怪物大師」系列

## 齊來看看！
### 這也是你心目中的人氣排行榜嗎？

### 四不像

第一名
**3846** 票

- 它特別囂張，和其他怪物都不一樣，不把布布路當主人。
- 它是神物。
- 只在關鍵時刻發揮作用，有主角怪的光環。
- 用食物就能勾引的怪物，哈哈哈。
- 誰說四不像長得醜了，明明很可愛好不好？

### 巴巴里金獅

第二名
**3225** 票

- 忠心護主，金毛獅王。
- 藍星第一忠獅。
- 拉風帥氣，一出場就 BlingBling。
- 帝奇把它的金毛護理得一級棒。
- 有奶爸情結，從小雲豹那段看出來了。

### 藤條妖妖

第三名
**2921** 票

- 「唧一」害羞了。
- 喜歡它的主人，愛屋及烏。
- 小短腿呀小短腿，趕緊跟着主人跑啊。
- 藤鞭抽擊一啪啪！

### 水精靈

第四名
**2919** 票

- 長得好可愛。
- 可以省水費。
- 水精靈，六面水盾，快來保護我吧一
- 我家缺水。
- 小翅膀扇一扇，藍眼睛閃一閃，真是無敵可愛呀！

### 金剛狼

第五名
**1082** 票

- 坐下，哈哈哈哈哈哈……笑不停了。
- 是狼是狗傻傻分不清楚。
- 咬咬更健康，見第八部第二章。
- 速度很快，能力很強。
- 我只想說主人和怪物都是萌貨＋二貨。

### 泰坦

第六名
**1059** 票

- 強大！強大！強大！
- S 級牛貨不解釋。
- 渾身都是寶，給我一塊金盾吧。
- 秒殺尼尼克拉爾這個壞蛋。
- 從此搬家不用愁。

The Most Breakout Monsters' List on Vote

CREATED BY LEON IMAGE

## 冥加大帝

**第七名**
**991**
票

- 時間封印這一招太厲害了。
- 名字跟樣子搭不上。
- 我缺懷錶。
- 有了它就可以永生不死。

## 炎龍

**第八名**
**945**
票

- 火元素始祖怪。
- 炎龍之魂就有那麼大的威力，怪物更不用說。
- 只要是龍，我就喜歡。
- 快告訴我，第一部彩頁中布布路騎的是不是炎龍？

## 大聖王

**第九名**
**782**
票

- 我覺得它的原型是齊天大聖孫悟空。
- 家族守護怪甚麼的超有愛。
- 請好好地守護獅子堂吧。
- 能不能給它換套衣服，為甚麼我覺得它穿得好像搖滾歌手？
- 對戰中，它玩弄了四不像。

## 般若鬼王

**第十名**
**543**
票

- 怪物能力很厲害。
- 喜歡它的主人。
- 我的品味其實有點怪。
- 喜歡不解釋。
- 能經常讓它和它主人出來逛逛嗎？

## 禦刃

**第十一名**
**330**
票

- 能力很牛。
- 我也想要一隻這樣的怪物。
- 這又是一隻逆天的怪物。

## 海因里希

**第十二名**
**245**
票

- 水元素始祖怪。
- 一顆水之牙的威力就大大提升大姐頭的戰鬥力。
- 最後聽布布路他們講道理那段很萌。

「怪物大師」系列怪物人氣排行榜
### THE MOST BREAKOUT MONSTERS' LIST ON VOTE
## LEON IMAGE

## Staff
### 製作團隊

宋巍巍
Vivison
【總策劃】

趙　婷
Mimic
■ 執行

黃怡崢
Miya
■ 文字

孫　潔
Sue

谷明月
Mavis

孫　東
Sun
■ 插圖

李仲宇
LLEe

周　婧
Qiaqia

蔣斯珈
Seega
■ 色彩

李禎棱
Kuraki
■ 灰度

宋蚺
Python
■ 設計

CREATED BY LEON IMAGE
Love & Dreams
MONSTER MASTER

[雷歐幻像] 作品
LEON IMAGE WORKS

責任編輯：郭子晴

裝幀設計：高　林

排　　版：黎品先

印　　務：劉漢舉

# 怪物大師
## —— 來自地底的至尊魔器

□
### 著者
雷歐幻像

□
### 出版
中華教育

香港北角英皇道 499 號北角工業大廈一樓 B
電話：(852) 2137 2338　　傳真：(852) 2713 8202
電子郵件：info@chunghwabook.com.hk
網址：http://www.chunghwabook.com.hk

□
### 發行

香港聯合書刊物流有限公司

香港新界大埔汀麗路 36 號
中華商務印刷大廈 3 字樓
電話：(852) 2150 2100　　傳真：(852) 2407 3062
電子郵件：info@suplogistics.com.hk

□
### 印刷

美雅印刷製本有限公司

香港觀塘榮業街 6 號 海濱工業大廈 4 樓 A 室

□
### 版次

2016 年 12 月第 1 版
2018 年 2 月第 1 版第 2 次印刷
© 2016 2018 中華教育

□
### 規格

32 開（210 mm×140 mm）

□
### 書號

ISBN：978-988-8420-87-2

本書經由接力出版社獨家授權繁體字版
在香港和澳門地區出版發行